渇き、海鳴り、僕の楽園

深沢仁

ポプラ文庫ピュアフル

contents

渇き、海鳴り、僕の楽園

楽園。
エーリュシオン。
静かな場所。
鳥の巣。
眠りの土地。

その島にはたくさんの呼び名があった。
禍々(まがまが)しいものがひとつもないのは、
本当のことを言うのを、みなが恐れたから。
あるいはそこを訪れるのは、
なにも知らない者だけだったから。

プロローグ

スカイ・ハーマーが高校を休んでも、気に留める人間はいない。

みんな理由を知っているからだ。体調を崩したか、継父がやりすぎたかのどちらかだろう。いつものことだから、教師も同級生もなにも感じない。あらゆる悲劇も、繰り返されれば日常になる。

特にこのちいさなジョージアタウンでは、起こることすべて、どうしようもなく退屈な出来事だとみなされるのだ。

僕だって、それが夏休み前日でなかったら別になにも思わなかっただろう。数学の授業で、あいつがよく座る席――後ろのほうの端、一番目立たないところ――が空っぽだと気づいた。化学の時間も地理の時間にも見かけなかった。僕は最後のクラスが終わってから美術室に行き、教師のミス・ブランチの部屋をノックした。この学校で、一日に一秒でもスカイについて考える人間がいるとすれば、彼女くらいだ。

「ああ、スカイはね、今日は来られなかったの。次に会えるとしたら休み明けね」

室内のインテリアはインド風の小物で統一されていて、いつ来てもチャイの香りが漂っている。山積みになったスケッチブックをめくりながら彼女は言い、それから生徒の作品に色鉛筆でコメントを書き込んだ。

「なぜですか？」

そう返すと、やや不思議そうにこっちを見た。いまさらあいつの欠席理由を気にかける生徒に覚えがなかったからだろう。

「あなた、いつか私の授業を取ってたわね。ウィル、だったかしら」

「はい。ウィリアム・チェスター」

「彼の友達？」

「そういうわけでは」

「どうして、スカイのことを？」

穏やかな瞳を向けられて、僕は床に視線を落とす。臙脂色の、異国の絨毯。擦り切れた模様。どうして、スカイのことを？　説明できる気がしなかったので、顔をあげて肩をすくめた。

「なんでもありません。失礼します」

踵を返したところで、「ねえ、ウィル、ちょっと待ってよ」と声をかけられた。振り返る。彼女はスケッチブックを置き、困ったような笑みを浮かべた。

「いいわ、どうせすぐ噂になるでしょうし。あの子骨折したそうよ。階段から落っこちて、右腕と右脚。つまらない夏休みになるでしょうね。絵もしばらく描けなくて、かわいそうに」

階段から落っこちた。階段から落とされた。もはやたいした違いはないのだ。頭の中で、あの小柄な身体が吹っ飛ばされて、捨てられたマネキン人形みたいに手足がぐにゃぐにゃになって、踊り場にどさりと落ちる映像が浮かんだ。

利き腕と片脚がだめになったら、そいつはもう、どこにも行けないだろう。

だから？　それが僕に関係あるか？

「失礼します」

僕はもう一度つぶやいて、ミス・ブランチの部屋を出た。

家に帰って本を読もうとしたものの、集中できなかった。途中で諦めて、タブレットを放り出してベッドに寝転ぶ。頭にスカイの顔がちらついて邪魔だった。僕があいつの家出の計画を知ったのはずいぶん前のことで、偶然だった。うまくいくはずがなかったのだ、と思う。家を出たい十六歳なんてこの世界にいくらでもいる。だけど実行に移すやつは稀だし、成功する例なんてほとんどないにちがいない。ましてや、あの落ちこぼれのスカイにできるはずがなかった。せめて高校を卒業するまで待てばまだ可能性は――。

あるんだろうか。二年も先の話だ。

目を細めて天井を睨みつける。

それまではこのままここで。

そんなに長い間、こんなクソみたいなところで僕らは。

モナが階段をあがってくる気配がした。

僕は顔だけ持ち上げてドアを見つめた。少ししてからノックの音がする。応えないでいると、「ウィル」彼女は遠慮がちに名前を呼んだ。

「いるんでしょう？　少しいい？」

どうしてこの女は、と思った。僕を放っておく、ということができないんだろう。関わりたくないと、こんなにあからさまに態度で示しているのに。

身体を起こしながら「どうぞ」と返した。ドアが開く。廊下に立っていたモナが、よそ行き用のワンピースを着ていて嫌な予感がした。彼女のつけている香水の匂いがここまで漂ってくる。

「お父さんが、今日は仕事が早く終わりそうだから、夕飯を食べにおいでって。明日から夏休みなんだし」

父は隣町にあるホテルでマネージャーをしている。たまにこういうことをやりたがるのだ——。若い恋人と息子を職場にあるレストランに呼び、部下に対しては幸福そうな家庭像を演出し、僕らには尊敬されている上司像を見せつける。

「僕は行かない。二人で食事してきたら」

「どうして？　あそこのステーキ、好物でしょう？」

昔は好物だった、かもしれない。母が生きていたとき、親子三人であそこで食事をしていた頃は。どうしてこの女は、と僕はまた考える。こうも無神経に僕の地雷を踏みつけてくるんだろう。わざとやっているんじゃないかと思うことすらある。ステーキが好物だなんて、僕はモナに言ったことがない。父親が伝えたにちがいない。不快に思う僕のほうがおかしいんだろうか。父親が恋人に、頼みもしないのに勝手に僕の情報を吹き込んで、彼女が予習の成果とばかりにそれを僕に披露する。普通なら喜ぶところなのか。僕をわかろうとしてくれている、と？

吐き気がする。

「約束があるんだ。もう出ないと」

立ち上がってスマホをポケットに突っ込む。ドアの前に立つとモナは道を空けたものの、後をついてきた。

「だれと？」

「友達」

「その子も呼ぶのはどう？　多いほうが楽しいわ」

「どうだろうね。ネクタイとジャケット着用で、って呼び出そうか」

確かめることはしなかったが、モナはきっと悲しそうな顔をしただろう。とても繊細なのだ。彼女はいつも自分から近づいてきては勝手に傷つき、僕は父親に叱られる。

——どうしてお前はモナに優しくできないんだ？　父さんの大切な人なのに。

「また別の機会にするよ。父さんによろしく」

「ねえウィル」玄関まで追いかけてきたモナが必死に言う。「今日来られないのはわかったから、ちかいうちにお友達をここに連れてくるのはどう？　お父さん、本当はもっとあなたと話したいと思ってるのよ。みんなで夕食を摂るのもたまにはいいでしょう。なんでも好物を作ってあげる」

僕は家を出る前に振り返って、礼儀正しい笑みを浮かべた。

「ありがとう。でも、家族ごっこをしているところを見られたくないからね」

モナの表情がこわばる。僕は彼女の髪をちらりと見やり、「——隣町に行くなら、美容室にも寄ってきたら？」と付け足した。モナは元々赤茶色の髪なのに、ここ数年はわざわざアッシュブロンドに染めている。僕と両親とおなじ色。父親の好みなのか彼女の意志なのかは不明だが、どちらにしても気持ちが悪い。

知っている。彼女を傷つけるのはとても簡単で、僕はほんのついでみたいにそのボタンを押してしまう。優しくしろと言われるほど反対のことをしてしまう。

閉まるドアの隙間から、モナの泣き声が聞こえた。僕は自転車に乗りながら、そのタイミングが計算されたものかどうかを考えた。どうでもいいけど。彼女はそれでもホテルには行くだろう。綺麗に着飾った上で、目元だけをほんの少し赤くして。父親はすぐそれに気づいて憤慨する。「ウィルがまたなにか言ったのか？」最初、彼女は首を横に振る。「なんでもないの」と、いかにも健気に。父親はその姿に胸を打たれ、彼女を守るのは自分だ、という決意を新たにする。

このちいさな町では、起こることすべて、どうしようもなく退屈だ。

腕時計を確かめると五時過ぎだった。どこに行くかは決めていなかったが、バーの前を通りかかると、テラス席にスカイの継父が座っているのが目に入った。すでに酔っ払っていて、隣の席のやつと笑いながら話している。僕は数秒それを眺めてから、スカイの家を目指してペダルを漕ぎ出した。

狭い町なので、住人たちはみんな、互いの家の場所を知っている。それでもスカイの家を訪ねるのは初めてだった。用事のあったことがない。歩道脇に自転車を停め、二階建ての家を見上げる。クリーム色の外壁はところどころペンキが剝げ、一階の窓ガラスにはヒビが入っていて、一見して荒んだ雰囲気だった。ろくに手入れもされていない。

チャイムを押すと、しばらくしてから、ちいさな女の子が姿を見せた。二重になっているドアの内側を開け、外側のガラスドア越しに僕を見上げて、不思議そうな表情を浮かべる。スカイの異父妹だ。名前はたしかミア。八歳くらいだろうか、痩せっぽちだ。

ガラスドアが数インチだけ開けられる。

「お母さんは？」僕はなるべく親切そうな声を装った。

「出かけてるの」

「スカイに用事があるんだ」

「お兄ちゃん？」茶色い瞳が丸くなる。あいつに来客なんて、たしかに異例のことにちがいない。

「貸してるものを返してもらいにきたんだ」

「ケガしてるの」

「聞いたよ」

妹は中に入れてくれた。散らかったリビング。床にはバービー人形の廉価版みたいなのが転がっている。どうして、スカイのことを？　ミス・ブランチの声が頭に浮かんだ。本当に、自分はどうしてここに来たんだろう。でも、少なくとも、モナと出かけるよりはマシじゃないのか。

「上にあがって、みぎ」

「ありがとう」

階段の壁には、血飛沫のようなものがあった。穴が塞がれた形跡もあった。僕はそれを眺めながらのぼり、途中で階下に視線を向けた。こちらを見上げていたスカイの妹がぱっと目を逸らし、人形遊びに戻る。こういう家で育つというのはどういうものだろう。

二階は静かだった。廊下にはだれもいない。壁に斜めにかかっている家族写真、古びた深緑色のカーペット、それになぜかわからないが、クッションが散乱している。こういう悪夢をみたことがある。

　ドアは閉まっていた。ノックをすると、「だれ……？」という怯えた声が返ってくる。僕は応えずに開けた。名乗るのが馬鹿馬鹿しく思えたからだ。

「ウィル！」

　スカイの驚いた声。

　ベッドの上に半身を起こした彼は、頭に包帯を巻き、右腕と右脚にギプスをはめ、ハロウィンの仮装でもしているみたいだった。蒼白い顔で、青い瞳を見開いている。

「どうしたの？　どうして君がここに？」

　僕は無視して、デスクに浅く腰かけた。部屋は狭いし殺風景だ。家具はデスクとベッドだけ、カーテンもベッドリネンも無地で、壁は壁紙が剝がれている以外なにもなく、ゆいいつ個性というものがあるとすれば、デスクに置かれた地球儀の置物くらいだった。手元にあったそれを指先で回してみると、ぎい、と音を立ててすぐに止まる。チープな青色をした太平洋が広がっている。どこまでも。

「なんでやられた？」

　スカイに視線を向ける。相手は唇を嚙んで俯いた。

「ジョニーの……、ジョニーの家から航空券を持ち出したのが、バレた」

　ちいさな声だった。やっぱりな、と僕は思った。この町では、子どものやることは、なにひとつうまくいかない。うまくいくはずがない。

「じゃあもう終わりだな」

僕は言った。

スカイが身体を震わせ、静かに泣き出す。

泣かせたのは自分だと知っている。人を傷つける言葉を見つけるのが得意なのだ。風を感じて振り向くと、窓が少し開いていた。僕は首をかしげて外を眺める。

よく知っている町の景色。変わらない大人たち。

自分はどうしてここにいるんだろう。どうして僕らは、この国に、この州に、この家に生まれたんだろう。あと二年もこんなところにいなくちゃいけないのか。生温い地獄みたいな場所に。

ときどき、僕は死んだ母のことが羨ましくなる。

彼女はここを一番に抜け出したのだ。

すべてを置き去りにして。

「――ウィル」

掠れた声で名前を呼ばれた。

僕は振り返る。濡れた青い目が、縋るように、同時に睨むように、こっちに向けられている。

「お願いがあるんだ」

と、スカイは言った。

1．果ての島へ

海を見るのは初めてだった。

そもそも車以外で遠出したことがなかったのだから、ここに来るまでも未知のことだらけだったが、中でも一番強烈だったのが海だった。フェリーに乗ったら船酔いした。もちろんこれも初体験だ。

ほんの三十分ほどの乗船で気分が悪くなり、対岸に着いてからも、ほかの客が降りるまでじっとしていた。だから僕が彼の姿を捉えたのは、ふらふらしながら手すりに摑まり、フェリーから陸地へと飛び移ろうとしたときだった。

その人は、寂れた港町という背景に、恐ろしく浮いていた。

二十代前半くらいだろうか。漆黒のスーツに黒のタイ、白シャツに黒の革靴。ものすごくきちんとした正装——、しかも、喪服の組み合わせだ。髪はクリーミーブロンドで、瞳はちょうどいま僕の後ろに広がっている海のようなブルーというのが、服と対照的に派手だった。

白昼夢にでも遭った気になってぼんやりとしたら、係員が急かすようになにか言った。

栈橋の手すりに寄りかかってこちらを見ていた喪服の男がふっと微笑む。僕はそれで我に返って、やっとフェリーを降りた。とん、と足を着く。地面。

「スカイ・ハーマー？」

目の前に立った彼が言う。相手のほうが少しだけ背が高い。あの俳優の若い頃に似ている——。漠然とそう思ったものの、名前は出てこなかった。まだフェリーの上にいるように足元がおぼつかなく、やはりどこか、現実味に欠けた光景の中にいるようだった。夏の清々しい空と、海鳥の飛び交うのどかな港と、喪服に身を包んだ美しい男。

「ちがう？」

「そうです」

「顔色が悪いね」

「すみません。少し酔ったみたいで」

「座ったほうがいい。水かなにか、持ってる？」

彼の英語はイギリスのアクセントだった。僕が首を横に振ると、道路脇に停めてあった車まで歩いていって、ミネラルウォーターを持って戻ってくる。僕は錆びたベンチに腰をおろした。フェリーに乗っていたときの浮遊感が、徐々に身体から抜けていく。

「僕はリアム・ロヴェル。ジョニーから聞いているね」

僕は水を飲みながら時間を稼いだ。予想していたことだが、この人は、ジョニーになにが起こったかをまだ知らないんだろう。

僕も言う気はない。少なくともいまはまだ。

「はい。遅れてすみません」

「なにがあったの？」

ロヴェルは座るつもりがないらしい。穏やかな表情で見下ろされ、僕は俯いた。

「列車を乗り間違えました。正しいルートに戻るのにずいぶん時間がかかってしまって」

そのせいで、一時間半に一本のフェリーを二本逃した。つまり僕は三時間遅刻したことになる。降りて迎えがいなかったらどうしよう、と思っていたので、この人に会えて少しほっとした。これでもう移動手段の心配はしなくていいはずだ。

「ここまでの道のりはややこしいからね。ジョニーに教えてもらわなかった？」

ただ、代わりにこれからは、この人と話さなくちゃいけない。

スカイ・ハーマーとして。

「アメリカを離れたのも、ひとり旅も初めてなので。緊張して、失敗したみたいです」

「お疲れさま。ともかく、会えてよかったよ」

ロヴェルがにこりとする。作り笑いのように見えたが、それは自分が彼に抱いている印象のせいだと思いたかった。あるいは芝居じみた衣装のせいだと。

「吐き気は？」

「マシになりました」

「車に乗れるかな。クルス家までは、ここから一時間くらいかかるんだ」

「大丈夫です」

彼の車はちいさかった。白かと思ったら近づいてみると薄いベージュで、古い型なんだろう、おもちゃみたいなデザインのフィアットだった。僕は後部シートにボストンバッグを放り入れてから助手席に乗り込んだ。ロヴェルが運転席に回ってシートベルトを着ける。

「空気を入れ替えようか」

手動で窓を開閉する車は初めてだった。くるくるハンドルを回すと、さあっと風が流れてくる。海と魚の生臭さの混ざった港町の匂い。フェリー乗り場も似たようなものだった。時刻は五時すぎだが、夏の長い陽はまだまだ暮れそうにない。明るい夕方、閑散とした通りを、母親と幼い兄弟が歩いているのが見える。

「じゃあ、行こうか、スカイ」

ロヴェルが言う。

「楽園」へ、と僕は心の中だけで付け加える。


スカイは説明があまりうまくなかった。

「夏休み、自分の代わりに『楽園』で働いてほしい」というのが、あいつの「お願い」の中身だった。正確に言えば、スカイは「一生のお願い」という言葉を使った。「もし君が頼みを聞いてくれたら、僕はなんでもする」と。

「お前にしてほしいことなんて、なにもないよ」

　僕は返した。モナのせいか、泣いているやつを見ると苛々するのだ。スカイはあの女ほどドラマティックな泣き方はしなかったものの、利き腕を骨折しているからろくに涙も拭けず、顔はぐしゃぐしゃだった。僕は地球儀をちらりと見やり、デスクに深く座り直す。

「話してみろよ。ただし、泣くなら出ていくからな」

　スカイは大きく息を吸い込んで泣き止んだ。それで、へえ、と思った。だからといって冷静に話ができるようになったわけではなく、声はぼそぼそとして、興奮すると早口になり、要領を得なかった。途中で帰ってきたスカイの母親がヒステリィを起こして乗り込んでくるまでに僕がどうにか理解したのは、「楽園」は海外にあること、出発は明後日——夏休み二日目の日曜日——で、そこから一ヶ月泊まり込みで働くと、最後に三千ドルがもらえることだけだった。交通費は別支給だが、ジョニーの持っていた往路のチケットは父親に見つかって燃やされたので、行きの分は自分で買う必要がある（「でも、君なら買えるだろう？　お金持ちだもの」とスカイは言った。「もちろん、あとでそのお金も返す」）。そう、僕は仕事について訊きたかったのに、あいつは報酬のことばかり話したがった。

「帰ってきたら、ウィル、その三千ドルを僕に貸してほしいんだ。ちゃんと返す、あとでちゃんと返すから……。僕はこの町を出ていかなくちゃいけない。三千ドルもいらない、半分でもいい。千ドルでも。わかんないけど。とにかく、ここを出ていけるくらいのお金だけ僕に渡してくれたら、なんでもいい。いつかぜんぶ返すから」

「でも、その『楽園』ではなにを――」

「簡単なバイトなんだ。案内とか雑用とかだよ。僕にもできるってジョニーは言った。君だって見ただろう、この仕事は、ジョニーが、僕を選んで、頼んだんだ」

階下で玄関のドアが開く音がしたのはそのときだった。「母さんだ！」スカイが悲鳴をあげ、「ウィル、その地球儀を開けて」と続けた。

「『楽園』への行き方が書いてあるんだ」

階段をあがってくる足音を聞きながら、自分が悪夢をみているような錯覚がまたした。奇妙な緊迫感、焦燥感。地球儀は実は小物入れだった、というわけではなく、スカイが改造したものなのか、開けるというより球体を割らなければならなかった。僕は中に入っていたメモ帳をジーンズのポケットに入れ、それからデスクにあった、国語の授業で使っている小説本を手に取った。

ミセス・ハーマーが、ほぼ同時に怒鳴り込んでくる。

僕は、本を返してもらいに来たのだと説明した。彼女は、息子は外出禁止だしだれにも会ってはいけないのだとまくし立てた。父親の命令だと。ミセス・ハーマーは酔っているか、ラリっているか、どちらでもないとしてもそうとしか見えなかった。ベッドの上で身をすくめるスカイに平手打ちを喰らわせると、僕にも出ていけと怒鳴った。僕はなにも言わずに部屋を出た。一階には妹がまだリビングにいて、人形の腕や脚を引っこ抜いてばらばらにしていた。目が合うと、「あなたのママもあんなふう？」と囁いてくる。

「いいや」

「いいなあ」

「そうだね。死んでるからね」

相手はちいさく息を呑み、その手から人形の首が落っこちた。外に出て二階を見上げてみても、スカイの部屋は窓もカーテンも閉められ、やつの姿は見えなかった。

楽園、と。

自転車に乗ってから、口の中でつぶやいた。

庭師のジョニーがスカイと話しているのを見かけたのは春先のことだった。「スカイはね、ウィル、君に憧れてるんだよ」。スカイが立ち去った後で彼は言った。「僕はスカイをちょっとしたアルバイトに誘っていたところなんだ。でも彼は迷ってる。君からも説得してくれないか」……。あのときジョニーの話していた仕事が僕のところに巡ってきたことになる。「楽園」なんて胡散臭いことこの上ないものの、ジョニーは詐欺師には見えなかった。

スカイの家を離れたところで自転車を停め、メモ帳をめくった。字が汚すぎて解読できない部分も多かったが、アメリカを出て最初の目的地はローマらしい。イタリア！　ヨーロッパ！　紙の端に「真実の口」の落書きがしてある。僕はメモ帳をポケットに戻して、ペダルを漕ぐ足に力を入れた。

少なくともその時点では、スカイの「一生のお願い」を聞くかどうかは決めていなかった。

ただ、いつもと変わらない町の景色の中を走り抜けながら、あいつが、あのスカイが、本気でここを出ていこうとしていたことに驚いた。

そして、その気になれば自分もそうできることに気づいて高揚を覚えた。

スカイでも僕でも、だれだろうと。

こんなクソったれな町にいる必要なんて微塵もないのだ。

車内には、しばらくリアム・ロヴェルのかけるクラシック音楽だけが流れた。この車にはスマホを繋ぐことができない、どころではなくて、古すぎてオーディオが一切ついておらず、音楽は後部座席に積んであるちいさなスピーカーから流れているようだった。とてもこの人らしい趣味だ、と僕は思った。ロヴェルのことなんかなにも知らないのに。同時に、やはり嘘くさい、とも思った。自分に似合うものを熟知していて、そのとおりに演出しているみたいだ。

盗み見るように横顔を窺っていたら目が合った。彼がふっと笑う。僕はさっと視線を逸らす。

「なにか質問があれば、訊いていいんだよ。仕事のこととか、なんでも」

クラシックの音量を下げながらロヴェルは言った。知りたいことならいくらでもある――。スカイの下手くそな説明では、理解できないことだらけだった。たとえばここがどこなのかすら、僕は知らない。正確に現在地を把握できていたのは、今朝ローマで飛行機を降りたところまでだ。つまり、最初はたしかにイタリアにいた。でも、その後何時間も列車に揺られたのだから、国境なんてとっくに越えている可能性もある。スマホの充電は途中で切れてしまったし、スカイのメモ帳は解読不能な部分だらけで、僕はここ数時間、自分がはたしてどこの国で迷っているのかすらわかっていなかったのだ。

「楽園」そのものも謎だらけだった。スカイのメモ帳の、港町以降のページには、こう書いてある。

『迎えのドライバー：ミスター・ロヴェル（フェリー降り場）

クルス家に一泊

「楽園」（島）へ』

情報はとても少ない。出国する前にネットで「楽園」について検索はしたものの、なにも出てこなかった。もちろん、「ヨーロッパ　楽園」で調べれば、ギリシャやマルタ島なんかの、胸焼けしそうなほど青い海の写真が何百枚も出てくる。だがその中のどれとして、わざわざ異国から高校生のバイトを雇う必要のありそうな島を取り上げたものはなかった。ロヴェルもクルス家も、スカイもジョニーも、どこにも出てこなかった。

だから僕は、アメリカからはるばる、だれの「案内」をしてどんな「雑用」をするかも、それがどこで繰り広げられるかも知らないまま、とにかく一ヶ月分の荷物を持ってやってきたことになる。正気の沙汰ではない。こんなの、無人島に連れていかれてドラッグ製造の手伝いでもさせられたとしても文句は言えない——。そこまで想像したが、そもそもの発端がジョニーなのだから、そう危険な方向にいくとも考えにくい。

運転席に座るロヴェルは、少なくとも、マフィアの一員には見えない。

葬儀屋に見える。あるいは、葬儀屋の役を演じている俳優。

喪服を着たモデル。

質問はあるかって？　僕らはどこに行くところなんだ。「楽園」か？　葬式か？

「スカイ？」

「——はい」

「大丈夫？」

あんまり。

ちいさく深呼吸をした。問題は、僕がスカイではないこと、そしてジョニーから直接話を聞いたわけではないこと。ロヴェルになにか尋ねて、「ジョニーに教わらなかったの？」と不審に思われたら、困る。一ヶ月の間騙せるかは微妙だが、少なくとも「楽園」で働き始めるまでは、僕はスカイ・ハーマーとして通すつもりなのだ。

「あの」沈黙が長引くほど怪しまれる気がして、とりあえず口を開いた。「たくさんあって、どれから訊けばいいのかわからなくて」

「なんでもいいよ。時間はあるんだから」

「……ジョニーは、僕のことをなにか言ってましたか？」

ああ、とロヴェルは軽く眉をあげた。

「僕はね、ジョニーと直接は話してないんだ。君に関しては、セブから今日の日付と待ち合わせ時刻が送られてきただけなんだよ」

「そうなんですか……」

セブとはだれか、という疑問が増えてしまった。「もちろん」とロヴェルは続ける。

「ジョニーのことは覚えてるよ。五年くらい前かな。あの子は、島にいる間に半フィートも身長が伸びたんだ。植物みたいな育ち方だった」

つまりジョニーも、「楽園」に行ったのだ。

あの人がやったことのある仕事なら、違法なものではない気がした。過去のバイト先の人員を、経験者がリクルートしている。そういう仕組みか。

「あなたも『楽園』で働いたことがあるんですか？」

前を向いて運転していたロヴェルが、こっちを向いた。まともに目が合って、自分がなにか失言したように感じた。だが、やっぱりいいです、と断る前に、相手は微笑を浮かべて道路に視線を戻した。

「ずいぶん前にね。子どもだった頃」

囁くような口調だった。何歳なんだろう、とその横顔を見て考える。五年前にはもうこの送迎をしていたのなら、二十代前半では若すぎるだろうか。あるいは、「楽園」に行ったとき、僕よりも若かった？

だめだ。核心を衝けないと、わからないことが増えるばかりだ。

「仕事は好きでしたか？」

ロヴェルは笑みを深くした。遠くを見るような瞳で「とても」と頷く。僕は思わず彼の視線の先を追った。なにもない真っ直ぐな道が延びているだけだ。両側にポプラ並木と、美しい丘が広がっている。海はいつの間にか見えなくなっている。

「大変でしたか？」

「いいや。草むしりなんかは疲れたけどね。難しいことはないし、夜はよく眠れる。本当に、あそこの夜は、信じられないくらいに静かなんだ。波の音だけがいつまでも聴こえて、この世界で生きているのは自分たちだけなんだって気になって……」

なつかしそうに語ってから、ふとこちらを見て、ちいさく笑った。

「ジョニーほどではないけど、僕もひと夏でだいぶ背が伸びた。あそこに行くと、だいたいみんな大きくなるんだよ。睡眠って大事だね」

肝心なことを隠されているように感じるのは、自分も相手に隠し事をしているせいだろうか。いまの僕に役立ちそうな情報は、「楽園」の仕事に草むしりが含まれるらしいことくらいだった。そのレベルならたしかに雑用としか言えないだろう。スカイでもできる。

「ほかになにか、『楽園』について知っておいたほうがいいことがあれば教えてください」

ロヴェルは首をかしげた。

「グレイの言うことを素直に聞くように、くらいかな」

「……わかりました」

このまま話していても、知らない名前が増えていくだけかもしれない、と思った。

外の景色に視線を向ける。ゆるやかな坂をおりはじめた車は少しスピードをあげ、同時に流れ込んできた風に、一瞬だけ潮の香りが混ざった。僕は息を吸い込む。

「海が近いですか？」

「ん？　ああ、いや、まだちょっと距離があるかな。クルス家は海辺に建っていて、そこまではあと二十分くらいかかる。海は好き？」

「――はい」

反応が遅れたのは、自分で答えがわからなかったせいだ。ロヴェルが面白がる目を向けてくる。僕は言い訳するように言葉を継いだ。

「間近で見たのは今日が初めてだったので」

「怖かった？」

今度は少し考えた。海……。フェリー乗り場までは、駅からバスで移動した。きらきらした水面が遠くに見えたとき、好きとか嫌いとかいうより、でかい、と思った。広い。遠い。はてしない。バス停からすぐのように見えたのに、実際にはいくら歩いてもなかなか着かなかった。

「なんだか、嘘みたいだと思いました」

「嘘みたい？」

「なんとなく……」もっとマシな言葉を探したものの、ほかに思いつかない。「大きいから」

「そうだねえ」

ロヴェルが笑い出す。「少なくとも、船は苦手です」僕はため息をついて付け足す。酔ったからというのもあるが、足の下にあるものが揺れる、というのがまず気持ち悪かった。飛行機もおなじだ。初めての海外旅行でわかったのは、自分はおそらく海外旅行には向いていない、ということだった。

あの地球儀を見たときは、あんなに強く、「どこかに行きたい」と思ったのに。

「島まではクルス家からボートですぐの距離だから大丈夫だよ。セブが漕いでいる限りは安全だ」

思い返せば、僕はこのとき、ちゃんと話を聞いていなかった。フェリーから眺めた海の景色とスカイの部屋で見た地球儀の青を、頭の中で比べていた。その上、前方にちいさな村が見えてきて、意識がそっちに引っ張られているところだった。ロヴェルの言葉は数秒遅れて頭に入ってきて、そうか、セブはクルス家の人間なのか、と納得したくらいだった。謎の人名がひとつ減ってすっきりした。

だから、聞き流してしまった。

ロヴェルの台詞で本当に重要だったのは、「セブが漕いでいる限りは」の部分だったのに。

「クルス家は村のはずれにあって、本当ならこのままそこに連れていくんだけど」石畳の道の上で車をゆっくりと走らせながら、ロヴェルは言った。「でも、今日は酒場に寄ってもいいかな」

「酒場？」

「夕方を過ぎると、彼はほとんど家にいないんだ」

「――セブさん？」

堪え性がなくてね。相手の口元に苦笑めいたものが浮かぶ。僕はスカイの家に行った日のことを思い出した。夕方を過ぎると、彼はほとんど家にいないんだ。どこかで聞いたことのある話じゃないか。

「スカイ？」

「……僕の継父も、そうです」

数秒の沈黙の後、ああ、と囁くようにロヴェルは言った。

「心配しなくていい。彼も依存症にちかいかもしれないけど、暴力的にはならない。というか、普段とあまり変わらない……。ただの逃避だから、君に危害が及ぶことはないよ。約束する」

あいつがここにいたら、それで安心できたんだろうか。日常的に自分を半殺しにする継父から逃れて遠い異国の地にやって来たら、「楽園」前におなじアル中の家に泊まることが判明する。

でも、もちろん、酒が入ったからといってだれもがあの男のようになるわけではない。ジョージアタウンに住んでいる大人の大半はアルコホリックみたいなものだ。ほかに娯楽がないから、田舎の人間は夜、酒を飲むところに集まるしかない。

「大丈夫？」

「大丈夫です」幸運なことに、僕はスカイではない。「僕が遅れたせいでこうなったんですよね」

本来なら、四時前にはクルス家に到着する予定だった。さすがにその時間なら家にいただろう。ロヴェルは肯定する代わりにため息をつき、「すぐ済むよ」とつぶやいて、空き地に車を停めた。

そこが村の中心部らしかった。空き地の正面が酒場で、窓にハイネケンのサインがぶら下がっているのが見える。周囲には店が三軒ほど並んでいるものの、すでに閉まっているようだった。

「ここで待っていてくれる?」

僕は頷いた。ロヴェルは車を降りると、まずジャケットを脱ぎ、黒いタイも外して運転席に放った。香水の匂いがした。白シャツに黒のスラックスという格好は、たしかに喪服よりは目立たないだろう。でも、田舎で浮いていることに変わりはない。

ちょうど酒場に入るところだった二人組が、ロヴェルの姿を見て道を譲った。目上の人間か、恐れている相手にするような態度で。ロヴェルは気にした様子もなく酒場に入っていき、五分ほどで出てきた。

ロヴェルとおなじくらいの背でもう少し筋肉質の、若い男を連れている。ぼさぼさの黒髪、褪せたインディゴブルーのTシャツ、擦り切れたジーンズ。両腕にタトゥーが入っている。右手の指に煙草を挟み、左手に瓶ビールを持っていて、彼が煙を吐くとロヴェルが手で払って迷惑そうな顔をした。

あれがセブ・クルスか。

顔はよく見えないが、少なくともロヴェルよりは普通に見えた。ややガラが悪そうではあるものの、ここでもうひとり喪服の男が出てくるよりはずっとよかっただろう。ビールをあおってから瓶を店の前に置き、短い階段をおりてこちらに向かってくる。

セブが助手席のすぐ外に立ったときは緊張した。スカイとして接する二人目の相手だ。彼は煙草を捨てて踏み消し、前髪をかきあげて、じっと僕を見下ろした。睨んでいるとも、眠たそうとも取れる表情で。ロヴェルが運転席側に回ってくる。

「こいつが今年の子どもか？」

セブが言った。ヨーロッパの訛りがあったが、英語だった。

「そうですよ」とロヴェル。

「ほんとうに？」

すでに酒が回っているような怪しい呂律だったが、その言葉だけで僕はどきりとした。運転席のドアが開き、「待たせたね」とロヴェルが微笑む。彼はネクタイを着け直しながら「酔ってますね」とセブに返した。僕は窓越しにセブを見上げる。彼はいつの間にかまた煙草をくわえ、火をつけている。

「あんたらが遅いからだろ」

「予定が狂ったことはお詫びします。でも、こうして着いたわけですから、あなたには家にいていただかないと困ります」

はいはい、と返事をしてセブは車を離れた。振り返ってその姿を目で追うと、彼は青いスクーターに乗り、ヘルメットもつけずに出発した。その背中がみるみるうちにちいさくなる。

「僕らも行こう」

ジャケットも着たロヴェルが、また喪服姿で運転席に座った。「スカイ？　大丈夫？」心配そうな顔を向けられて、「大丈夫です」僕はほとんど反射的に頷いた。

この人たちは、スカイの写真なんて見ていない。よほど突飛な想像力を持っていない限り、アメリカからはるばるやって来た高校生がなりすましかもしれないなんて、思いもしないはずだ。

「口が悪いだけで、いい人なんだよ」

「よく知ってるんですか？」

ロヴェルは前を向いたまま、イエス、と微笑んだ。それから「十五分くらいで着くよ」と続けた。

クルス家はたしかに海辺にあった。

周囲にだれも住んでいないような村のはずれ、しかも岬に建っていて、窓から飛び降りたらそのまま海に落ちていけそうなほどだった。家の前、ゆるやかな斜面になっているところに車を停める。セブのスクーターはすでに駐車してある。

花壇に囲まれた家の前からはくだり坂が延びていて、海のほうへと続いていた。岸までは一分もかからないだろう。といっても砂浜が広がっているわけではなく、ちいさな岩場と、その脇に手作り感溢れる船着場があるだけだ。手漕ぎのボートが二艘、波にゆらゆら揺れている。

そして——、正面にある、巨大な島。

いや、大きく感じるのは単に近いせいだろうか。そもそも島の適切なサイズなんてわからない。民家もホテルも、建物の類はここからはまったく見えない。向こうにも船着場らしきものはあるが、島のほとんどの部分は森のようだった。無人島と言われても納得しただろう。

「あれが『楽園』だよ」

ロヴェルが斜め後ろに立ち、微笑んで首をかしげた。

「来られて嬉しい？」

僕は前に向き直り、はい、と答える。腕に鳥肌が立っていた。嬉しいという気持ちではない――。頭に浮かんだのは、この期に及んで「本当にあったのか」という感想だった。スカイは騙されていなかった。あいつの「お願い」に付き合った自分も、騙されてはいなかった。

どうせうまくいかない、という予感がずっとしていた。ほかのあらゆる事柄がそうだったように。乗り換えにしくじって駅員とやりあったときも、遅刻して乗り込んだフェリーの上でも、ロヴェルなんて人物は現れず、「楽園」にはたどり着けず、けっきょくアメリカに帰ることになるのだという展開が頭を離れなかった。だから、ジョークだと思って調子を合わせていた話が実現してしまったときのような、「嘘だろ」という気分だった。

「スカイ」

名前を呼ばれて振り返る。ロヴェルとまともに目が合う。いま眺めていた海とおなじ色の瞳。溺れるような青。僕は視線を逸らせなくなる。

「僕は、お茶を飲んだらすぐに帰るよ。今日は島には用事がないから。でも、夏休み中には来る予定だから、そのときにまた会おう」

「……はい」

「予感がするんだ」

半ばひとり言のような口調だった。「予感、ですか？」さっきまでとどこか様子のちがうロヴェルに、僕は慎重に訊き返す。

「いまはまだ話せない。アメリカに行かないと」

なにをしに？

そう返しそうになった。ここから車でローマまで行くのか？　アメリカのどこに？　というか、そもそもこの人は普段どこに住んでるんだろう。車内ではそういうことを訊いておくべきだったかもしれない。万が一にもジョージアタウンに行かれたら、困る。なにもかもバレてしまう。

「あの、ロヴェルさん――」

僕は言いかけた。だが台詞を思いつく前に、「リアム！」という大声が家のほうから飛んできた。玄関先には、セブが裸足で立っている。

「なにやってんだよ。さっさと入れ」

ロヴェルは柔らかい表情を取り戻し、「行こうか」と微笑んだ。僕はなにも訊けないまま、黙って彼についていった。

家の中は、セブの外見に不釣り合いなほど家庭的な感じがした。

二階建てで花壇があるんだから単身住まいではないだろうとは思ったが、どことなく荒んだ雰囲気のあるセブが、足元に巨大な白い犬を纏わりつかせ、壁に写真や刺繍なんかのかかった廊下を歩くのは、ちぐはぐな光景だった。通されたのはダイニングルームで、リビングとキッチンに挟まれている。リビングのソファに座ってテレビを観ていた老人が、じっと僕を見た。膝の上にいた黒猫もおなじことをした。

「……こんにちは」

多少の不気味さを感じながらも挨拶すると、老人は軽く顎を引き、「今年の手伝いか」とつぶやいた。セブよりもさらに訛りの強い英語で。

「そうです」ロヴェルが返事をする。

「スカイ・ハーマーです。よろしくお願いします」

セブへの自己紹介もまだだったので、二人に聞こえるようにそう言った。老人はちいさく肩をすくめると、なにかつぶやきながら猫を撫で、僕の存在に興味を失ったかのようにテレビに戻った。

「じいさんはボケてんだよ」キッチンにいるセブが言う。「座ってろ」

ダイニングテーブルは六人がけだった。真ん中にバナナが一房置いてある。僕はリビングに近い端のイスに座り、ロヴェルが向かいに腰をおろした。床にペット用の水飲み皿が並んでいるのが目に入る。

「動物は好き？」

ロヴェルが訊いた。あまり好きではないが、明らかにペットを飼っている家で口にするべきではない気がして、「嫌いではないです」と答えた。ロヴェルがちいさく笑う。

「島に連れていくやつもいる」お茶を用意しているセブが入ってきた。

「動物をですか？」

「ああ。話し相手としてな」

僕は老人の抱える黒猫を見た。

「連れていかなくてもいいんだよ」

ロヴェルがフォローするように言い、自分の傍に座っている白い犬の頭を撫でた。僕は曖昧に頷いただけだった——。動物を飼ったことはないし、話したこともない。母が犬アレルギーだったので、ちいさな頃は、犬は追い払うべきものだと思っていた。

「あんたも泊まっていくのか」

マグカップを並べながらセブが問いかけ、「いえ、これをいただいたら帰ります」ロヴェルが答える。セブはキッチンに戻ると、ティーポットと瓶ビールを持ってきて、僕から一席空けたところにどかんと座った。ガラス製のポットの中身は、ハーブティーだろうか。ロヴェルが注いでくれる。セブは当然、瓶に口をつけた。

「なんで遅れたんだ」

灰皿を手元に引き寄せながら彼が言う。大酒飲みのヘビィスモーカー。こういうのは、チェーンスモーカーというんだったか。

「列車を乗り間違えたんです。そのせいでフェリーを二本も逃してしまって。すみませんでした」

「で、あんたはその間、どうしてたんだ」

「待ってましたよ。車で本を読んでね」

「その格好じゃあ目立っただろうな」セブはにやにやした。「知ってるか、町ではあんたのこと、死神って呼ぶやつもいるらしい」

ロヴェルはカップを口に運びながら控えめな微笑を返した。つまりこの人は、常に喪服を着ているのだ。なぜ。死神と呼びたくなるほどの不吉さは感じないものの、吸血鬼くらいなら、なんとなく納得できるかもしれない。底知れない雰囲気は、単に整った容姿だけではなく瞳のせいだろう。じっと見られると、目を逸らせなくなる。

「俺は寝る」

老人が突然宣言して立ち上がった。膝から猫が落っこちる。「リアム」と呼びつけられたロヴェルが、「はい」と返事をして駆け寄った。

「なんだよ、じいさん、晩飯はなしか？」

「部屋に運べ」

　やや足を引きずって歩く老人に、ロヴェルが手を貸す形で部屋を出ていく。黒猫と白い犬が従者のように後に続き、僕とセブだけが残された。その横顔をちらりと見て、老人と似ている、と僕は思った。ややウェーブのかかった髪質、明るい茶色の瞳、彫りの深い顔立ちと日に焼けた肌。祖父と孫、だろうか。それならセブの親がどこかにいるはずだ。いくら犬や猫がいるにしても、この広い家に二人暮らしというのは考えにくい。リビングには大人数が写っている家族写真らしきものも飾られている。

「いつものより健康的だな」

　しんとした部屋で、セブがつぶやいた。

「いつものより？」

「毎年来るのより、だから、なんだ、健康的なんだよ。背があるからかな」

　セブの目は酔っ払い特有の濁り方をしていて、口調もひとり言のようだったが、それでも僕は不安になった。

「ここには毎年、手伝いの人が泊まるんですね」

「ああ。島への足になるのが家業なんだ」

「僕はいつもの人とはちがうんですか？」

　彼は「さあな」とどうでもよさそうに言って、軽く顔をしかめた。

「わからん。だから、いつものより元気そうだなって思っただけだ。みんなもっとしょぼくれてんだよ。痩せてて、チビで。それだけだ。別に深い意味はない。俺の言うことに、たいした意味はない、いつも」

いや、たぶんある、と僕は言いたかったが、相手が立ち上がったので口をつぐんだ。痩せてて、チビで、不健康そうな。それは、スカイ・ハーマーにすべて当てはまる。セブはビールを飲みながら、今度は鍋を温めはじめた。僕は迷いつつも席を離れ、カウンター越しにキッチンを覗き込んだ。セブが怪訝な顔をする。

「ジョニーは、僕のことを、なにか言ってましたか？」

彼は目を細めて数秒考えたものの、首を横に振った。

「別になにも。今年の候補にこの子を推薦します、ってだけだ。あんたの事情や生活環境も書いてあっただろうが、俺はメールを印刷してグレイに持っていっただけで目を通してはいない。みんな似たような話だし、読むと憂うつになるんでな。……他意はない」

セブは短くなった煙草を流しに放り、ポケットを探った。僕が気づいてテーブルにあった煙草の箱を差し出すと、ややびっくりしたように「さんきゅ」と受け取り、コンロで火をつけた。煙を吐いて、居心地悪そうにこっちを見る。

「座ってろよ。俺の仕事は、あんたに飯を食わせて、明日島に運ぶことだけだ。話すことは入ってない」

僕は引き下がった。毎年来る手伝いは、こんなふうに質問攻めにはしないのかもしれないと思いながら。やがて戻ってきたロヴェルはカップを片付け、「そろそろ失礼します」とセブに告げた。僕はまだ、彼がこのままアメリカに行くかどうかが気になっていた。だけど、どうやらもう確かめる機会はなさそうだ。

「じゃあ、スカイ、またね」

ロヴェルは微笑を浮かべ、「大丈夫だよ」と言い残すと、クルス家を後にした。

残りの夜はなにも起こらなかった。夕食の席についたのは僕とセブだけで、メニューはシチューに硬いパン、サラダという組み合わせだった。どれも美味しくて、僕はそう口にしたが、セブは特に嬉しそうな顔はしなかった。あの老人と二人で暮らしているならどちらかが作ったんだろうか。どちらもなんとなく、そんなふうには見えない。花壇の手入れをしそうにも見えない。

訊きたいことはたくさんあったものの、セブは口数の多いほうではなさそうだったし、食事もろくにせず、姿勢悪く座って空いているイスに足を乗せ、ビールからもっと強い酒に移行してグラスを傾けているとなると、なおさら話しかけづらかった。

「ごちそうさまでした」

けっきょくほとんど会話はなかった。僕が言うと、ぼんやりとした表情で煙草を吸っていたセブが顔をあげて立ち上がった。ふらつくことはない。酒場からこれまでどれだけの量を飲んだかはわからないが、泥酔しているふうでもない。食器を流しまで運び、グラスをあおり、最後に煙草を消すと、ぼさぼさの髪を手でかきあげた。酔っ払いらしいのは、どろりとした瞳だけだ。

「部屋に連れてく」

――彼も依存症にちかいかもしれないけど、暴力的にはならない。というか、普段とあまり変わらない……。ただの逃避だから、君に危害が及ぶことはないよ。

なにかから逃げている、人。

僕は自分の荷物を持って彼に続いた。

家自体は古そうだがきちんと整えられている、と軋む階段をあがりながら思った。踊り場にちいさなイスに座ったテディベアが飾られている。少女趣味。二階の廊下には左右に三部屋ずつが並んでいて、ドアが開いていたのは階段に一番近い、向かって右側のところだった。スカイの部屋の位置といっしょだ。廊下にクッションが散らばっていることはもちろんないが、あのときとおなじくらい静かだった。どこかに老人と、犬と猫とがいるはずの空間。

「奥のグリーンのドアがバスルームだ。石鹸やなんか、好きに使ってくれてかまわない。タオルはベッドの上、ほかになにか、必要なものは？」

思い浮かばなかった。セブが煙草をくわえ、「明日は八時くらいにおりてきてくれ。いまからならたっぷり眠れるだろ」とちいさく笑った。まだ八時すぎなので、ほぼ半日あることになる。

「もうみんな寝てるから、バスルームを使う以外は部屋にいてほしい。俺は——」彼はまだ火のついていない煙草を指に挟み、やや躊躇ってから続けた。「……少し出かけてくるから。なにかあれば、明日の朝な」

酒場に戻るのだ、と直感的に思った。あれだけ飲んだ後に、スクーターで？　彼は僕が見抜いたことを察したように一瞬バツが悪そうな表情になり、さっとドアを閉めた。

僕は床に荷物を置いて、ゆっくりとベッドに腰をおろす。客室らしく、物は最低限しかないが、使い込まれた家具や小花柄の壁紙のおかげかなんとなく落ち着いた。数分後にはスクーターの走り去る音が聞こえる。

窓の向こう、「楽園」を数秒見つめてからカーテンを閉める。急に疲労に襲われて、軽く頭を振った。とりあえずスマホを充電しようと思ったところで、プラグの差し込み口の形状に気づいて固まる。

国によって形がちがうのだ——。なにかで読んだことがあったのに忘れていた。変換プラグなんて、もちろん持っていない。

けっきょく僕は、現在地すらわからないままなのか。

ため息が出た。仕方なく廊下に出る。バスルームは清潔で、物が少なく、がらんとしていた。なつかしいと言えなくもない。これはたぶん、だれかがいなくなったとき、その人の物だけを抜き取ったときの空虚感だ。セブの両親は亡くなっているのかもしれない。しかもわりと最近に。彼はそれから逃げているのかもしれない。

シャワーを浴びて部屋に戻ってからも、なかなか眠れなかった。ロヴェルは今頃、アメリカに向かっているのか。スカイはどうしている？　いまも自分の部屋に閉じ込められて、日がな一日僕が壊した地球儀の残骸でも眺めているんだろうか。僕が半ば家出同然で、異国で行われるサマースクール――父親に破れかぶれでついた嘘では、そういうことにしたのだ――に参加するためにいなくなったという話は届いているだろうか。そうと知って、喜ぶのか？

起きているような、眠っているような意識の狭間で、やがてまたスクーターの音を耳にした。僕はセブが無事に帰ってきたことに不思議と安堵しながら、ようやくきちんとした眠りについた。

ノックの音で起こされた。

「八時だぞ」

廊下からセブの声がする。僕は寝ぼけた返事をしてベッドを出た。慣れない場所で目を覚ましたときの奇妙な感覚。カーテンの隙間から射し込んでいる太陽の光を、アメリカのそれよりも眩しく感じた。窓の外を確かめると、青い海には「楽園」が浮いている。ちゃんとある。なにも夢ではない。

身支度を整えてから一階におりた。セブはキッチンに立って朝食を用意している。今日は老人もダイニングテーブルについていて、今度は三毛猫を膝に乗せている。

「おはようございます」

挨拶すると、老人は「よく寝たなあ」と笑った。どこか皮肉っぽく、それでいて人を不愉快にさせないその表情は、やはりセブに似ている。僕が座ると、猫は飛び降りてどこかに消えてしまった。

テーブルには、薄いトーストと昨日の残りのサラダ、幾種類ものチーズが並んでいる。セブがさらに焼いたベーコンを載せた皿を運んできて、外国の食事だ、と思った。僕が家で最後に食べたのは、シリアルに牛乳だけだった。

「グレイには九時半に連れてこいって言われてる。一時間くらいしたら出るぞ」

セブは相変わらず煙草をくわえていたが、酒が残っている様子もなく、コーヒーの入ったマグカップだけを持って座った。

「わかりました。……ひとついいですか」

「なんだ」

「スマホの充電がしたいんですけど」

「すりゃあいい」

「持ってきた充電器だと差せないんです」

　ああ、とセブは煙を吐き出した。「形がちがうんだろ」

「変換プラグとかないですか？」

「ない」

「セブさんのスマホは？」

　製造元がおなじなら充電器を借りられると思ったが、彼は軽く眉を寄せた。

「俺は持ってない」

　僕は顎を引いた。たしかにセブがスマホを持っているところを一度も見ていない。そうだ。だからロヴェルは、酒場に直接迎えにいったのだ。スマホを持っていたらありえない。

「どこかで買えませんか？」

「変換プラグ？　さあ……、町まで行って注文すれば、取り寄せてもらえると思うけど」

「ネットで買うのは？」

「ここにも配達すんのか？」

　配達はどこでもするだろう、と思ったものの、ここがどこの国かも判然としない以上、断言できなかった。いまどき携帯端末を持っていない人が暮らしているのだ。

「取り寄せるとしたら、何日もかかりますよね」

「そうだなあ。まず俺があそこまで行かなきゃいけないだろ」彼は面倒そうに天井を仰いだ。「リアムに頼んだほうが早いんじゃないか」

彼はアメリカに向かったはずだ。用件は知らないが。

「そんなにしょっちゅう来るんですか？」

「届け物ができたらな」

相手は投げやりに言って立ち上がり、マグカップ片手にキッチンに向かった。「あんたもコーヒー飲むか」問いかけられて、お願いします、と返す。

「知らんのだろ」

老人がくつくつと笑った。目が合わなかったのでひとり言かと思ったが、僕に話しかけているらしい。

「なにをですか？」

「使えんぞ、どのみち」

「……なにを？」

嫌な予感がした。それを肯定するように、老人が笑みを深くしてこっちを見る。

「そういうちっこい機械だ。電波が飛んでないんだ、あそこは」

「――」

カップを運んできたセブを見上げる。「ネットがないんですか？」信じられない気持ちで訊くと、向こうは変な顔をした。

「知らなかったのか？」

僕は口を閉じる。スカイを罵る言葉が脳内で暴れたが、いまさらどうしようもない。僕はカップを受け取って、「忘れてました」とつぶやくにとどめた。辺境の島で、一ヶ月間、ネットなし。しかも現状では、スマホの電源すら入れられない。

「あの……、『楽園』に行く前に、ここのパソコンを借りていいですか。ここは繋がるんですよね？」

「ああ。時間どおりに家を出られるなら、好きにすりゃあいいさ」

セブはあくびをしながら言い放ち、ベーコンの切れ端に手を伸ばした。


僕は書斎に置かれた、何世代前のものか知れない巨大で遅いデスクトップを借りて父親にメールを送った。ローマには無事到着、ただしスマホが壊れたため、基本的に連絡はつかない。そういう内容だ。サマースクールの話同様、父親がすべて鵜呑みにするとは思っていない。ただ息子が地球のどこかにいて、生きていることだけでも信じてもらえればそれでいい。変に騒いで、警察沙汰なんかにしなければ。

予定どおり、家を出たのは九時過ぎだった。

深く息を吸って、朝の海の香りを嗅いだ。空はよく晴れているが、湿気がなくて暑くはない。気持ちのいい気候だった。セブが僕を追い抜かして坂をおりていく。青色と黄色のボートのうち、彼は青いほうを選んで、船着場に繋いであったロープをほどいた。慣れた様子で乗り込み、こちらを振り返って、僕の荷物を受け取る。

「楽園」へ。

相変わらず、なにをするのかはよくわかっていない。でも、とにかく、そこで働くことはもう間違いなさそうだった。僕もセブの手を借りてボートに乗り、彼と向かい合うようにして座った。こういうボートなら、もっとちいさかった頃に公園で乗ったことがある。オールを握ったのは父親で、僕は母に抱かれていた。ちいさな池だった。いま浮かんでいるのは海だ。水は澄んでいて、海中が見える。フェリーに乗り込んだときよりもさらに近くで、海を見ている。

「行くぞ」

セブが言い、ボートは滑らかに動き出した。陸地から離れた瞬間、不安と興奮が、喉のあたりでうずうずとした。手を伸ばして水に触れる。指先がひんやりとする。

――ここにいるのがスカイだったら。

おなじように興奮しただろうか、それとも不安でいっぱいだったか？　本当はそうなるはずだったのだ。あいつの言ったとおり、ジョニーは、わざわざスカイを推薦した。ずっと理由がわからなかったが、セブの話から推測するに、ここに来るのは毎年似たような子どもなんだろう。悲惨な環境にいて、抜け出す必要のある若者たち。作り物みたいに青い海も、「楽園」での生活も、スカイが手にするはずだった。

タイミングが悪かったのだ。

ジョニーのことも、スカイ自身のことも。

あの町で起こることは、すべて。

「綺麗ですね」

水平線を眺めながらつぶやくと、セブはかすかに笑った。

「俺はもう見飽きた」

「ここ、泳げるんですか？」

「いや……」数秒沈黙があった。「あんた、泳げるのか？」

「いいえ」

ジョージアタウンに海はない。幼い頃、車で数時間の距離にある湖に出かけたことはある。浅瀬で水遊び、父親に手を引かれて浮く練習。そういう記憶はすべて、母が病気になる前のものだ。

「ならいい。ここは泳げない。綺麗なだけだ」

どこか乱暴な口調が、そのときは不思議だった。

「楽園」側の船着場にはボートもなにもなく、最初はだれもいなかった。だが、ちょうどクルス家と島の中間地点あたりを過ぎたところで、男が姿を現した。痩せ型で、暗い色の髪をしている。まだ表情まではわからないが、じっとこっちを見ているようだった。

「グレイだ」セブが言う。

二人とも似たような服装をしている。Tシャツにジーンズ。背はグレイのほうが高そうだ。近づくにつれ、グレイの髪が肩をすぎるほど長いこともわかった。無精ヒゲがあり、首筋にはタトゥーが入っている。威圧感を覚えるのは彼が腕を組んでいるから、だけではない。目を細め、じっとこっちを――、僕を睨んでいるせいだ。

歓迎されているふうではない。むしろその逆、瞳の強さだけで呪いでもかけようとしているみたいだった。

彼に背を向けて漕いでいたセブも、異様な気配を察知して振り返った。

「どうした？」

「そこで止まれ」

グレイが低い声で命じ、セブが戸惑った表情で応じる。ボートから船着場まではまだ距離があった。飛び移れるかは危うい。

「お前、名前は」

「スカイ・ハーマー」答えた声は、少し掠れた。

「ジョニーがお前を選んだ？」

「はい」

グレイはちらりとセブを見た。

「リアムはなんて？」

「別に、なにも……」

「マルコは？」

「じいさんは、知ってんだろ、もう半分ボケてんだよ。足を悪くしてからはろくに出歩きもしない」

「お前、こいつがいつもの手伝いに見えるのか？」

セブは肩をすくめた。

「まあ、だいたい」

「俺はそうは思わない。腕だって綺麗なもんだ。親にサンドバッグ代わりにされてるガキが、こんな目をしてるわけがない」

僕は自分の腕を見下ろした。スカイの腕？　ギプスをはめていた。それは最後に会ったときの話だ。いつもは？　いつもは長袖を着ていた。あいつの腕なんて見たことはない。まともな会話をしたの自体、この間が初めてなのだ。

「どうしろってんだよ」セブが不機嫌になる。「こいつがスカイって言ってんだからスカイなんだろ。いいじゃねえか、たまには少し丈夫そうなのが来たって」

グレイは彼を無視して、再びこちらを睨んだ。

「なにか言いたいことが？」

僕は唾を飲み込む。

「僕は……、あなたと話がしたい」

「言ったろ。こいつはおかしい」グレイが吐き捨てる。「それ以上島に寄せるな。帰れ。まずジョニーに連絡して確認するんだ」

「どういうことだよ」セブが混乱した声をあげる。

「いいから、帰れ！」

グレイが怒鳴ったのと、僕が立ち上がったのはほぼ同時だった。「うわっ」ボートが揺れてセブが悲鳴をあげる。無理やりにでも島に飛び移るつもりだったが、「海に突き落とすぞ！」とグレイが低い声を出し、舌打ちしたセブに膝のあたりを蹴られたせいで、転んで尻餅をついた。

「アホか、座ってろ！」

「僕は『楽園』で働くために来たんだ！」

「グレイが認めなきゃ無理なんだよ」ボートはすでに島を離れ始めている。「大人しくしないと、俺が海に落とすぞ」

グレイはまだ船着場に立っている。猛烈に怒っている。そして、それなのに、顔色が悪い。蒼ざめているようにすら見えた。アメリカ英語だった。というか、明らかにアメリカ人だった。

「帰ったらジョニーに電話する。なにか言いたいことは？」

僕は首を横に振る。

セブは英語ではない言葉で悪態をつき、乱暴に漕がれたオールが水飛沫をあげた。

もちろん、セブがかけた電話には、だれも出なかった。

「あっちは夜中だろうて」

テレビを観ながら、老人が愉快そうに言う。マルコという名前らしい。膝の上にはまた黒猫が乗っている。昨日見たのと同一のものかどうか、僕には見分けがつかない。

「そういう話じゃねえんだよ。番号自体が通じないんだ」廊下から戻ってきたセブが僕を睨む。「なんでなんだよ。あんた、まさかスカイじゃないのか？」

「スカイだ」

「パスポート見せろ」

セブと僕は同時に僕のボストンバッグに視線を向け、僕が先に摑んだ。「渡せ！」セブが追いかけてくる。僕らはダイニングテーブルを三周した。老人が笑い声をあげ、「このガキ！」セブが怒鳴る。

「『楽園』に連れていってくれれば、話します」

「それはさっきやっただろ」

十秒ほどの膠着状態の後、廊下で電話が鳴り出した。セブが舌打ちをして出ていく。僕はその隙に、バッグからパスポートを出してポケットに突っ込んだ。

「かけたよ。繫がらなかった」セブの声が聞こえる。相手はグレイだろう。「だから、もう回線が存在しねえんだよ。――俺が知るか！　スカイはそっちに連れていけとしか――。

追い返すってお前、隣町から来たわけじゃないんだぞ。――うちに何泊もさせるのは無理だって、あんただって知って――、おい！」

がしゃん、と電話を叩き切る音が響き、セブが戻ってきた。苛々した様子でキッチンに入ると、ビールを開けながら出てくる。僕は思わず壁の時計を見た。まだ十時だ。

「グレイはなんて？」

「また連絡すると。俺は出かける」

「酒場に行くんじゃあるまいな」

老人が顔をしかめ、「昼飯買いにいくんだよ！」セブが言い返した。ほとんど一気呑みで瓶を空け、叩き割る勢いでテーブルに置く。

「ガキ、大人しくしてないと本気で海に放り込むからな」

僕は黙ったままでいた。セブは悪態をつきながら出ていった。スクーターの走り去る音が消えると、急に家の中が静かになる。

「こっちに座ったらどうだ」

老人が言った。

僕が近づいたせいなのか、彼の膝の上から猫が飛び降りて消えた。僕は老人から距離を空けてソファに腰をおろす。テレビで流れているのはトークショーかなにかのようだったが、無論英語ではないので、理解はできない。それよりも、部屋中に飾られた夥しい量の写真に視線がいった。テーブルにも棚にも写真立てが並び、テレビのすぐ横の壁にまで、額に入った写真がかかっている。気が散らないんだろうか、と思う。

色褪せたものからまだ新しそうなものまであるが、被写体は圧倒的に女性が多い。一人で写っているものはすべて女性で、集合写真らしきものにだけ、男性もいた。顔立ちはみな似通っていて、セブや老人の面影も感じるものの、女性陣のほうが色白で、儚げで、美人が多い。

「これみんな、家族写真ですよね」僕は訊いた。「二人は写ってないんですか？」

「俺とセブか？」老人がテレビ画面を観たままで返す。

「そうです」

「ないさ。生きとるうちはな」

「――これ、全員亡くなってるんですか？」

「ああ」

老人は可笑しそうに口元を歪めている。テレビの中で司会がなにか面白いことを言ったんだろう。――そう思いたい。

「あの……、上にいます」

そっと立ち上がる。老人は返事もしなかった。僕は自分の荷物を持って、なるべく音を立てないようにして廊下に出る。

そのまま二階にあがりかけて、玄関に視線が向いた。

外……。

振り返る。テレビから笑い声が漏れている。セブは——、どこに行ったか知らないが、昨日の酒場までだとしても、往復で三十分はかかるはずだ。

息を潜めて、玄関のドアに手をかける。

監禁されているわけではないのだ。外には出られる。「楽園」は目と鼻の先にある。考えてみれば、ただの手漕ぎのボートなのだ。セブほどのスピードは出ないにせよ、時間さえかければ僕ひとりでも島に渡れるはずだ。

無事に家を出てからは走った。船着場で、さっきとおなじ青いボートを選んで荷物を放り込む。ロープをほどく。ほら、簡単だ。あのわけのわからない家で、アルコホリックと、認知症になりかけている老人と、死んだ一族の写真と過ごすよりもずっといい。

「だめ！」

声がした。

思わず手を止めたのは、それが老人でもセブでもなく、女の子のものだったからだ。振り返る。二階の窓から身を乗り出すようにしている少女の姿が目に入って、猛烈な既視感を覚えた。

——似ている。

写真に写っていた女性たちに、遠目だとそっくりだった。長い髪が風になびいている。

僕は数秒呆然とする。

「行かないで！」

彼女は叫び、ぱっと家の中に消えた。おりてくるつもりかもしれない、と思って、僕はボートに飛び乗った。船体がぐらぐら揺れ、勢い余って落ちそうになる。体勢を立て直しているうちに、クルス家からさっきの少女が駆け出してきた。その後ろには、白、黒、茶色、狼のように巨大な犬が三匹もついている。どこか童話めいたその光景に、僕は呆気に取られた。あれがぜんぶ、二階にいたのか？　昨日からずっと？

「待って！」

待たなかった。オールを握る。思ったよりも重かったが、セブがしていたように構えて引いた。ボートは前進したというより、船着場に平行になっていたのが直角になった。少女が船着場に着き、その場に両膝をつく。

一瞬躊躇ったのは、彼女がひどく苦しそうな顔をしたからだ。百メートルを全力疾走した後みたいな表情で胸元を押さえ、それでもこっちを見上げて、「行かないで、お願い」と掠れた声を出した。犬たちが彼女の周りで吠え立てる。

「ごめん」

僕はつぶやいた。本当にそう思った。茶色の瞳から目を逸らしてもう一度漕ぐ。今度は少し進んだ。両腕に均等に力を込めればいいのだ。

「エミリア！」

今度家から出てきたのは老人だった。少女が振り返る。僕はさらに陸から離れた。老人が足を引きずるようにして坂をおりてくる。どちらかが黄色のボートに乗り込んで追いかけてくるようなことになったら厄介だと思ったが、老人はただ、咳き込む少女を心配そうに支えただけだった。

「すみません！」

僕は叫ぶ。少しずつコツがわかってきて、少女と老人、犬たちの姿が遠くなっていく。彼女は立ち上がると、老人を振り切り、家まで駆け戻っていった。だれかに連絡するつもりだろうか。年齢的にはおそらく僕とおなじくらいだと思う。セブの妹？　親戚？　どうしていままで隠れていたのか。

振り返る。「楽園」には着実に近づいている。

もうすぐ、中間地点――。

そう思ったとき、なにかの気配がして、首筋が粟立った。

「――っ」

最初に感じたのは、後頭部への衝撃と、鋭い痛みだった。

視界の端に黒いものが映った。反射的に右手で頭を押さえようとして、オールががたりと音を立てたので慌てて摑み直した。首をすくめながらなにが起こったのかを理解しようとする。羽の音と風圧、鳴き声。なんだ？　海鳥か？

――カラスだ。

カラスが一羽、僕と向き合うようにボートに降り立った。目眩を覚えるような黒色、黒い瞳、黒い嘴。あれに頭を突かれたのか？　目の前のカラスの鳴き声に呼応するように、すぐ別の鳴き声がした。大量に。頭上から。

空を振り仰いでぞっとした。

「楽園」の方角からカラスの群れが飛んでくる。何十羽もの黒い点々が近づいてくる。パニックに陥った瞬間、後頭部に二撃目を喰らった。さっきとおなじ場所で、さっきよりも痛かった。頭皮にすうっとなにかが垂れた感触がする。血だ。右手で押さえ、指先にぬるりとしたものを感じたかと思ったら、今度は手の甲を嘴で突かれた。悶絶したのと同時に、右のオールが海に落ちた。

あ、と声が出た。摑もうと身を乗り出そうとしたところにまた後頭部を蹴られる。僕はオールを諦めて頭を抱えた。

なにが起こってるんだ、これは――。

空には無数のカラスが飛んでいる。僕を襲っては飛び去っていく。オールを失えば操縦できなくなるが、身を守らなければそのうち頭に穴をあけられそうだ。僕は最初は身をすくめ、次にボートに伏せ、どこかの段階で左のオールも手放した。それでもカラスからの攻撃は止まず、船底で悪戦苦闘しているうちに体重がどこかに偏ったようで、ボートがぐいと傾いた。

落ちる。

ボートが引っくり返り、水面に身体が叩きつけられる。――バッグが。はっとして手を伸ばしたが、荷物はすでに透明な海の中に沈んでいくところだった。

泳げないのだ。追いかけることなんてできない。転覆したボートに摑まって足をばたつかせるのが精一杯だった。そしてそれすら、再び襲ってきたカラスを避けようとして手放した。

浮いたままでいる手段が消える。

踠(もが)いてもどうにもならなかった。息を吸って、意を決して海中に潜ってみる。カラスの嘴は追いかけてこなかったが、すぐに息が続かなくなった。

だめだ。

自分は鳥でも魚でもない。

飛べもしなければ、泳げもしない。

沈むだけだ。

大きく開けた口に、塩水が辛かった。

呼吸。ひさしぶりの。――ひさしぶりの？　意思とは関係なしに咳が出て、いっしょに水が吐き出される。

「暴れるな」

低い声がすぐ耳元でする。振り返ろうとするがうまくいかない。「暴れるな！」グレイが背後でもう一度怒鳴り、こちらの腹部に回している腕に力を込めた。

「っつ、だ、あっ」

喉から意味不明な声と、また少し水が出た。

「大丈夫だ。落ち着いて、力を抜け」

グレイの口調が多少穏やかに、言い聞かせるようになる。僕は恐慌状態から抜けていなかったが、できる限り従った。空にはまだカラスたちが飛び交っているものの、空のだいぶ高いところまで離れている。僕自身はグレイに引っ張られて、どんどん「楽園」に近づいている。

「摑めるか」

グレイが言い、僕はなんとか船着場の杭に手を伸ばした。先に陸にあがった彼に引っ張りあげられて、その場に転がって咳き込む。耳も目も、鼻の奥も喉も、頭も手も、全身が痛い。

でも、生きている。

寝返りをうつ。グレイは自分の膝の間に頭を垂れて座っていた。上半身はなにも着ておらず、カラスに襲われたらしい傷跡が、いくつも肌に刻まれている。痛々しい。僕よりもひどいかもしれない。

水の滴る長い髪を鬱陶しそうにかきあげた彼と、目が合った。

僕はよろよろと身体を起こす。

「ありがとうございました」

声が震えたのは、寒かったからではない。死ぬと思った。あのカラスたちに殺されるのだと思った。本当に。

グレイはしばらく応えなかったが、やがて息をつき、口を開いた。

「名前は？」

「……ウィリアム。ウィリアム・チェスター」

「スカイ・ハーマーは、どうなった」

「ケガをしたので、代わりを頼まれました」

「ジョニーは？」

「死にました」

グレイは数秒沈黙した後、話せ、と言った。

2．死者と眠りと

それは春、雪の降る日のことだった。

ジョージアタウンは山に近いから、夏以外はいつでも寒い日がある。僕は朝のまだ早い時間に、ジャケットを着込み、ブーツを履いて家を出た。特に用事があったわけではない。ただ家にいたくなかっただけだ。

彼らに気づいたのは、教会の前を通りかかったときだった。

正確に言えば、そこは教会の裏庭だった。最初に目に入ったのはジョニーのニット帽。作業着に身を包み、軍手をはめた彼は、地面に立てたシャベルに体重をかけた体勢でだれかと話し込んでいた。

ジョニーは、一年ほど前にどこからか引っ越してきた庭師だった。親戚がいるわけでもないのに、美しい自然も住みやすい環境も潰れない産業もなにもない、不便なだけの田舎町にわざわざ越してきたから、みんなが不思議がっていた。おまけにバーに顔を出すこともなければ、町の数少ない独身女性に誘われても興味を示さないので、人々からは変わり者扱いされていた。

だから、親しげにだれかと会話している光景はめずらしかった。その相手がスカイだと知ったときは、さらに驚いた。

記憶にある限り、スカイの笑顔を見るの自体、そのときが初めてだった。はにかむように俯いて、でも、あいつの口元にはたしかに笑みが浮かんでいた。なにか信じられない出来事を耳にして、嬉しさを隠しきれない、というふうに。

「本当に?」男にしてはやや高い声を弾ませて、スカイは言った。「本当に、僕にできると思ってるの」

ジョニーがなにか答えたものの、よく聞こえなかった。僕は距離を詰める。この二人にどんな共通の話題があるのか想像もつかなかった。

「まだ時間があるから、ゆっくり考えてごらん。話ならいつでもできる。質問があれば、できる限り答えるから」

庭師の声は優しかった。「大事なのはね」と彼は続ける。

「ここは世界の終わりなんかじゃないって、気づくことなんだ。僕も昔はそう思っていた。生まれついた場所がすべてで、そこが地獄だったら、もうどこにも行けないんだって。でもそれはちがう。この世界には、もっと広くて、静かで、心安らぐ場所がいくらでもあるんだよ。『楽園』に行くと、それがわかる。朝の明るさも夜の暗さも、はてない海も深い静寂も、ぜんぶある。本当にぜんぶ——。君ならきっと、気に入るよ」

いったいなんの話をしているのか、聞いてもわからなかった。まるで宗教勧誘だな、と思ったとき、ジョニーがふとこっちに気づいた。教会を囲む、肩ほどまでの高さの塀越しに、僕らは目を合わせる。相手は微笑んだものの、僕は返さなかった。

「ウィル！」一拍遅れてスカイが声をあげる。

「なんの話？」僕は訊いた。「カルト宗教？」

ちがうよ、とスカイが答え、顔を赤くする。狼狽えるとすぐそうなるのだ。

「ぼく、僕らは、だから……」

「夏休みの話をしていたんだ」

ジョニーがフォローした。「そう、そうなんだ。じゃあ、僕はもう行くから……」スカイが頷いて、逃げるように立ち去る。ぼろぼろの手袋と破れたスニーカー。きっとあの靴には雪が染み込んでる、とその背中を見送りながら思った。

「知ってる？」

庭師が言う。彼は定期的にうちにも来ていた。モナが庭の手入れを頼んでいたのだ。だから挨拶くらいは交わしたことがあった。

「なにを？」

「スカイはね、ウィル、君に憧れてるんだよ」

「──意味がわからない。あんた、あいつと知り合いだったの」

「何回か話したことがある。ほら、僕の家、墓地の近くだから」

僕が母を亡くした少し後、スカイは祖父を亡くした。だからあいつとは何度か墓地で顔を合わせたことがある。お互いひとりだった。口をきくことはしなかった。僕はもうずいぶん長い間、あそこに行っていない。冷たい石を眺めるなんてなんの意味もない行為だと気づいたからだ。でも、スカイはいまだに通っているんだろう。

「変わり者同士、気が合うんだろうな」

僕は言い捨てて行こうとした。「ウィル」ジョニーが呼ぶ。気分を害したふうもない、穏やかな声で。

「僕はスカイをちょっとしたアルバイトに誘っていたところなんだ。でも彼は迷ってる。君からも説得してくれないか」

「ほかをあたれば」僕は歩きながら返した。「あいつじゃ使い物にならないだろ」

そんなことはないさ、と庭師は言った。大きくはなかったが、よく通る声だった。そして妙に耳に残った。

「僕があの子を選んだんだ。でも、スカイはこう言った。『そんなこと、できっこないよ。ウィルみたいに強かったら、話は別だけど』ってね」

もちろん僕は、スカイの説得には加わらなかった。その後、学校で見かけても、あいつはいつもいじめられているか、だれもいじめる気を起こさないほどすでに継父にやられているかのどちらかで、たとえ目が合ったとしても話すことはなかった。それまでどおりの関係だ。

それなのに数週間後、うちの芝刈りを終えて帰るところのジョニーに出くわしたとき、彼はいつもの笑顔で挨拶してから続けた。

「そういえば、スカイは仕事を受けてくれたよ」

よかったね。僕はすれ違いざま返してから唐突に苛立ち、「なんで僕に話すんだ」と庭師に言った。

「あいつがどこで働こうと、あんたに誘拐されようと、僕には関係がない。いちいち教えてくれなくていい」

相手は悲しげな顔になった。そうだね、と俯く。

「悪かった。僕はただ……」

少し待ったが、庭師がその先を続けることはなかった。僕は家に帰り、いつものように自室にこもった。そしてそれが、僕がジョニーと言葉を交わした最後だった。彼は数日後の仕事帰り、スクーターに乗っていて、飼い犬を追いかけて道に飛び出してきた少女を避けたところを対向車に衝突された。女の子は無事だった。チワワも無事だった。対向車の運転手は軽傷を負った。死んだのはジョニーだけだった。

平和な田舎町では滅多に起こらない、ショッキングな事故だった。モナなんかは「あんなにいい人だったのに」と号泣した。僕はそれを気色悪く思った。僕はあの女が、庭師をけっして家にあげなかったことを知っている。飲み物を出すとき、コップではなくて必ずペットボトルを渡していたのも。外からやって来た、得体の知れない貧しい男としか思っていなかったはずだ。

だれも彼がどこから来たか知らず、熱心に調べる人もいなかったので、少女とチワワの保護者が中心となって金を出し合い、教会で簡単な葬儀があげられた。遺体は火葬された。僕はそれにも苛ついた。みんな、ジョニーが教会に来ないことで陰口を叩いていたくせに、いざ彼が死ぬと手間と金のかかる土葬は放棄したのだ。遺灰は教会が預かり、だれか受け取る人物が現れれば――いるはずがないとだれもが内心で思っていた――、引き渡されるらしい。

僕は葬儀には出なかった。別に親しくなかったし、偽善者の集まりにしか思えなかったからだ。ただ葬儀の前日、学校の廊下でスカイを見つけたとき、やつを呼び止めた。

いつものように教科書を両手で抱え、だれの目にも留まらないよう俯いて歩いていたスカイは、びくりとして顔をあげた。名前を呼んだのが僕だとわかると目を見開いた。怯えた瞳で周囲を見回し、だれもいないことを確かめてから寄ってくる。

「ウィル」

「ジョニーが、お前は仕事を受けたって言ってたけど」

スカイは顔を赤らめた。

「うん、そう、そうだよ。……でも、それはだれにも秘密なんだ」

自分がもしいじめっ子だったら、と僕は思った。こいつが夏休みになにかしらのバイトをする予定だってことを、この瞬間から吹聴しただろう。

スカイを見下ろして、だからだめなんだ、と言いたくなる。お前の弱点は、弱点がわかりやすすぎるところだ。

「あいつが死んでも？」

こちらを見上げたスカイの青い瞳は、涙ぐんでいた。

「うん。それでも行く」

「どこに？」

「だって、行かなきゃ」相手は唇を震わせた。「チケットもぜんぶ、用意してくれたんだ。僕のためだよ。いままでだれも、そんなことしてくれなかった」

「チケット？」

町の外で働くという発想はなかった。しかもスカイが？　だが、あまり話すべきではない、といまさら気づいたように、やつは俯いた。

「とにかく、僕はやる。ジョニーだって、そのほうが喜ぶと思うから」

僕は急にどうでもよくなって、「そう」とだけ返して行こうとした。「ウィル」おどおどした声で呼ばれて振り返る。

「ミアは……、僕の妹は、僕がいなくなっても平気かな」

ハーマー兄妹は似ていない。父親がちがうからだ。兄妹でいっしょにいるところを見かけることもほとんどなかった。仲が悪いんだと——、というか、あの一家でスカイだけがつま弾きにされているのかと思っていた。

「お前の親、妹にまで手を出すのか？　実の娘相手に？」

「いまのところは……」スカイは首を横に振った。「母さんはときどき叩くけど、ひどくはしない」

「なら、大丈夫だろ」

相手は俯いた。僕は今度こそ立ち去った。「近々町の人たちがジョニーの家に行って彼の私物を整理する」という噂を聞いて、スカイが庭師の家に忍び込んだのはその少し後のことだ。「楽園」のためにジョニーが準備していたものを取りにいったらしい。不慣れなあいつはなにかしらしくじり、継父に気づかれた。あの大男は見るからに頭が悪いが、スカイを殴る理由だけは、いくらでも思いつく才能がある。

スカイは夏休み目前に階段から突き落とされ、遠い島どころか学校にも行けないほどの重傷を負った。

そして、僕に代わりを頼んだ。

「——じゃあ、スカイ・ハーマーは生きてるんだな」

というのが、船着場の杭に寄りかかって話を聞いていたグレイの第一声だった。

「はい」

「ジョニーの遺灰は教会にあるって？」

「そうです」

「どの教会だ」

「ジョージアタウンに教会はひとつしかありません」

グレイは考えるような表情で黙った。ボートを追い返したときみたいな激しい怒りは感じられない。ただ疲れているようだった。僕を救助したから、だけではなくて。三十歳くらいだと思うが、どことなくやつれている印象がある。

「お前は、スカイの友達か？」

「……親しかったわけではないです」

「だろうな」相手はすぐに言う。「それでもここで働くと？」

「三千ドルは僕がもらえる。スカイには、それを貸すように頼まれています」

「親しくもない同級生に貸すにしては大金じゃないか」

皮肉っぽい口調だった。僕は水滴の垂れる髪をかきあげて海に視線を向けた。カラスの群れはもういない。青い空と青い海。これをずっと越えていくとジョージアタウンがあるというのが、なんだか信じられない。あんな狭い町からここまで来た。さっそく死にかけて、助かって、いまは全身にできた傷に海水が沁みて痛い。

「正直、半分は勢いだったんです。スカイと話した後、僕も家で、親と口論になった。スカイのために来たわけではなくて……」

スカイ・ハーマーとは仲がよくて、あいつのためにここに来て、三千ドルは無条件でぜんぶ渡すつもりだ。そう嘯（うそぶ）いたほうがよかっただろうか。

グレイはまた、じっと視線を向けてきた。なにもかも見抜いて、見透かして、僕が自覚していないことまで見通すような琥珀色の瞳。「いいか」低い声で言う。

「そいつは——、スカイには、金がいる。家から逃げるためだ。貸すっていうんならそれでもいい。本人との約束だ。でも、帰ったら必ず、すぐに全額を渡せ。それができるか？」

僕は頷いた。グレイはそれでもまだ迷うように、しばらく海を眺めた。ほんの数秒のことだ。こちらに視線を戻すと、「立て」とつぶやいた。僕はふらつきながら従う。

「荷物はボートに載せてたのか？」

「はい」

「じゃあ、ぜんぶなくなったんだな」

「はい」僕は思い出して、ポケットに手を伸ばした。「パスポート以外」

グレイが手を出してきたので渡した。もう隠しても意味はない。

「ウィリアム・クイン・チェスター」彼が読み上げる。「これが無事なら、帰ろうと思えば帰れる」

「帰れません。一ヶ月は帰らない、と言ってきたので」

「親に？」

「父親に」

「なんて言って出てきたんだ」

「イタリアで開かれるサマースクールに参加する、と」

「サマースクールだって？」

「……ローマまでの航空券をクレジットカードで買ったので、イタリアに行くのはいずれバレると思ったんです。イタリア語を習うことにしようかとも考えたけど、そうなると帰国までにイタリア語が話せるようにならなきゃいけないと思って。それは無理だから、絵を習いにいくと」

　まるで絵なら描けるようになれるみたいに。

「お前の親はそれを信じたのか？」

　訝しげに訊かれる。信じなかった。学校で美術の授業を選択したことがあるくらいで、アートに興味を持ったことなんてなかったのだから当たり前だ。なにを言ってるんだ、と父親は怒鳴った。困惑していた。イタリアで？　絵の勉強？　いきなりなにを馬鹿げたことを。夏休みは三人で海外旅行をしようって話していただろう。どうしてお前は、いつもそうやって――。

「この女と出かけないで済むんなら、刑務所にでも入ったほうがいい」僕は言い返した。

「そう思って探したんだ。ボランティアでやってるようなプログラムだから、交通費以外はかからない。絵を描くんでも聖書を暗記するのでもゴミ拾いをするのでも、なんだってよかった。とにかく一ヶ月は帰らない。あんたらは二人きりで好きに過ごしたらいいだろ。そのほうが都合がいいって認めろよ」

父親は顔面蒼白になり、出ていけ、とつぶやいた。僕は荷物をまとめてそのとおりにした。父親は書斎にこもっていて、モナはリビングのソファに座ってぼんやりとして、僕はあの家のなにもかもを嫌悪した。

「知りません。でも、生きてることさえ通じていればどうでもよかった」

グレイはわずかに眉を寄せたが、びしょ濡れのパスポートと僕とを見比べて、最終的には息をついた。

「ついてこい」

船着場から続く砂利の小道の先には、木製のちいさなゲートがあった。そこを抜けると小道は砂利ではなく踏み固められた土となり、ゆるやかな上り坂になった。右側に糸杉が並び、左側に生垣が続いている。一本道の先にはゴールのように白い建物が見えた。グレイが歩くと、滴る水滴が道に残った。僕はゆっくりと後に続く。

「――……」

視界にそれを認めるよりも早く、身体がなにかを感じ取った。

この空気感、というか、静けさというか。

――知っている。

こういう場所に、よく来ていた。

昔。

いつ？

糸杉の間から、十字架の形の墓石が見えた。生垣の向こうには、小道と垂直になる形で白い壁が並んでいた。十フィートほどの高さで、石造りのロッカーのように四角く区切られて、奥まで続いている。

ここは墓地だ。

認識した瞬間に足が止まった。

見渡す限りすべてが。

あの壁には、棺が納められているのだ。

「ウィル」

はっとして前を向くと、グレイが首だけでこちらを振り返っていた。

早足で彼に追いつく。左手の壁龕(へきがん)は、よく考えれば棺の入るだけの奥行きはない。たぶん骨壺を納めているんだろう。白い壁はどこまでも整然としていて、人のいる気配は一切なく、見捨てられた神殿のようだった。

右手には、普通の墓石のほかに、天使なんかのモニュメントも建ててある。だが、どれもこちらに背を向けていた。あっちが東ってことだろうか。墓石は古そうだったが地面の芝は綺麗で、よく手入れされているのがわかった。墓石の並んだ果て、天使が見つめる方角の先は、森になっている。

しかし、それにしても、広い。

僕は唐突にまた、悪い夢をみている気分になった。こんなこと、あるか？　カラスに襲われて死にかけた後、墓しかない島に上陸する。歩くたびに濡れたスニーカーが音を立てた。それと波の音くらいしか、聞こえるものはない。

小道の終わりにある白い建物は、石造りの、ドーム型の屋根を持つ家だった。僕は墓地に気を取られていたせいで、家の前で立ち止まったグレイの背中にぶつかりかけた。船着場からは徒歩十分程度だっただろうか。

「タオルを持ってくる。服は干しとけ」

グレイが言って家の中に消える。僕は身体に張り付いたTシャツを脱ぎ、絞って玄関脇にあったレンガの山の上に広げた。靴と靴下も脱いだところでグレイが出てきて、タオルを渡される。彼は無言で引っ込んだ。僕は髪を拭きながらも墓地を眺めた。そこにあるものにまだ実感が湧かない。

「楽園」って名前の墓地ってことか？　タチの悪いジョークだ。

坂の下、ゲート脇にも建物があるのが目に入った。さっきは墓地のほうばかり見ていて気づかなかった。あそこにもだれか住んでいるんだろうか。

「終わったのか？」

中から声がする。「もうすぐ」僕は返した。墓地で服を脱ぐという行為は奇妙だと思った。まず野外だし、人の姿はなく、それなのに衆人環視の下にいるような錯覚がする。でも、ほかにどうしようもない。服はすべてレンガの上に並べて、腰にタオルを巻いて家に入った。

外壁とおなじく、中の壁も白かった。

ただ、窓はごくちいさく、また明かりがついていないので、室内は仄明るいとでも呼べそうな、不思議な雰囲気が漂っている。家具が少ないせいか、なんとなくがらんとしていて、クルス家とは正反対の印象だった。生活感が薄いのだ。右手にキッチン、キッチンの先に裏口、正面にはバスルームがある。左手の奥に廊下があり、ほかにも部屋があるようだが、ここからは見えない。

グレイは部屋の真ん中、ダイニングチェアに、足を組んで座っていた。ここの住人らしい落ち着き払った態度で。着替えていた。首にタオルをかけ、半乾きの髪を無造作に結び、指先に煙草を挟んでいる。吐き出された白い煙が、ますます部屋の空気をぼんやりとさせていた。

「知らなかったんだな」

　僕は彼を見返した。

「なにをですか？」

「スカイは、この島を『楽園』と呼んだだろ」

「それは、ジョニーがそう言ったからでしょう」

「だれの楽園か、聞かされたか？」

　僕は首を横に振った。グレイの唇の端が、わずかにあがったように見えた。

「死者だ。死者のための楽園」

　囁くような声に、首筋がぞくりとした。「死者」と僕は繰り返す。

「そうだ。ここは彼らのための場所だ。俺はただの墓守でしかない。古い墓にはここらの人間がいるが、最近埋葬されるのは外国人ばかりで、アメリカ人が多い。夏休みには遠方からの墓参りが増えるから、手伝いを雇うんだ」

　グレイが灰皿に手を伸ばして煙草を消す。僕は唾を飲み込んだ。唇にはまだ海水の味が残っている。

「つまり、僕はその人たちを案内するんですか？」

「ああ。基本的には一日に一組しか来ない。たいてい一人だ。セブとやり取りして、スケジュールを確認して船着場まで迎えにいって、墓まで連れていく。あとは草むしりとか物を運んだりとか、雑用だな。寝床は裏庭にある小屋だ。ここより狭いが、シャワーと便所はついてる。キッチンはない。食事はここで出す」

　僕は改めて室内に視線を巡らせた。シンクはあるが、コンロはない。ついでに言えば、娯楽になりそうなものはなにひとつ、この部屋には見当たらない。

「ガス台は外だ」こちらの思考を読んだようにグレイが付け足した。「洗濯機はない。自分で洗って裏庭に干せ。ほかになにかあるか？」

「ネットは使えないんですよね」

「ない。テレビもないし、パソコンもコンポもラジオも、なにもない。本は多少チャペルにある」

「チャペル？」

「島の入り口にある建物のことだ。だが宗教は関係ない。ただ祈りたい人間が――、いや、祈る必要すらない。墓参りに来た人間が使える建物ってだけだ。その中に本がある。島に俺たちしかいないときは、チャペルも好きに使っていい」

「あそこに住んでる人はいないんですか」

「いない」

「墓参り以外に、ここに来る人はいるんですか？」

「いない。セブは物を届けには来るが、上陸はしない」

　娯楽はない。来客もない。テレビにもパソコンにもラジオにも本にだってなったはずのスマホは、充電切れのまま美しい海に沈んでしまった。

「――あのカラスは？」

「カラス？」

「どうして僕を襲ったんですか」

相手は新しい煙草に火をつけた。

「ボートにクルス家の人間が乗っていなかったからだ。いいか、この島の半分くらいは森だ。さっきのカラスたちの住み処。死にたくなけりゃ、やつらには近づくな。海に入ってはいけない、森に行くのもだめだ」

――ここは泳げない。綺麗なだけだ。

セブの言葉が頭に浮かんだ。

「冗談みたいだ。墓とカラス？」

「気に入らないか？」

煙を吐き出しながらグレイが切り返す。その目ははっきりと、嫌なら出ていけ、と言っている。僕は深く息を吸った。

「みんな、なにして過ごすんですか？　つまり、仕事以外のとき。いままでの手伝いの人とか……、あなたは、どうやって暮らしてるんですか」

彼は軽く肩をすくめた。

「俺はやることがなければ寝るだけだ。手伝いのやつらは、そうだな、好きなことをやってたさ。ここじゃだれもお前を殴らないし、酔った父親が暴れることも、ヤクを買う金のなくなった母親が男を連れ込んで仕事に励むこともない。退屈ってのは平和で贅沢なもんだろ。お前はちがう星から来たらしいがな」

僕はグレイを睨んだものの、突き放すような相手の表情に口を閉じた。ここでこの男を罵って出ていったところで、行くところなんてない。金もない。セブに頼んで島を離れられたとしても、来た道を逆戻りしてローマに戻るまではてしなく時間がかかる。報酬ももらえない。それであの町に帰ったら——。

待っているのは、自分が手ぶらで戻れば絶望するであろうスカイと、若い恋人に入れ込んでいる父親と、号泣するモナだけだ。

なにも変わらない。

退屈な。

——退屈な。

「あんたがなんて言おうと、僕はここに残る」

グレイは煙草の灰を落とし、「そうか」とつぶやいた。

「なら、文句は垂れるなよ。口ごたえもするな。俺の言うことをよく聞いて、大人しく働くんだな」

まずシャワーを浴びた。この家はバスルームも最低限で、バスタブはなく、シャンプーやボディソープなんかのボトルもなく、壁のちいさな突起にバーソープがあるだけだった。お湯は問題なく出たものの、だいたい十分弱で水になると事前に警告されていた。

言われなくとも、悠長にシャワーを浴びる余裕なんてなかった。全身傷だらけなのだ。呻き声を殺しながら数分で出て、またタオルを巻いてイスに座り、グレイに傷を消毒された。手つきは恐れていたほど乱暴ではなかった——。というか、優しい、と言っていいくらいで、逆に緊張した。

「あなたもケガしましたよね」

僕は一応言った。「俺はいい」グレイは素っ気なく返して、さっさと救急箱を片付ける。渡された着替えはやけに上等な生地のもので、これにも戸惑った。僕には少し袖が長いが、グレイのものにしては短い気がする。

「洗濯機がないってことは、洗面台で洗うんですか?」

「たらいがある。一度小屋に行くぞ」

グレイのサンダルを借りて、僕らは裏口から、グレイが「裏庭」と呼ぶ空間に出た。家を出てすぐ右手にコンロがある。熊手やシャベルなんかの道具類がまとまっている倉庫もあり、少し離れたところに立てられた杭にはワイヤーが張ってあって、グレイの衣類が干してあった。その後ろのサーカス小屋みたいな形をしたものは貯水槽、さらにその隣にある木造の小屋が、僕の住むところらしい。

ヒッピーのコミューンみたいだな、と思った。

家と小屋は徒歩十秒ほどの距離だった。ドアに鍵はない。開けると中は薄暗く、埃っぽく、簡素なベッドとデスク、空っぽの木箱だけがあった。寝具とタオルがマットレスの上に畳んであり、それがなければ廃屋のように見えただろう。

「奥がバスルームだ。たらいはそこにある。生活用品で必要なものはセブに言えば運んでくる。その服もサンダルもお前にやるし、セブにも借りられるだろ」

「この服、あなたのなんですか？」

セブに劣らずヘビィスモーカーらしい彼は、煙を吐きながら首を横に振った。

「リアムのだ。やつは気にしない。とにかく、訪問者と会うときは身綺麗にしておくこと。相手は墓参りに来るんだ」

「ああ……」僕はいまさら気づく。「だからロヴェルさんは、喪服だったんですか？」

グレイが動きを止めた。

「リアムとなにか話したのか？」

「なにかって？」

「あいつが気づかないはずがない。お前がいつものとちがうって」

じっと見下ろされる。リアム・ロヴェルは、たしかに不思議な人物だった。グレイとはちがった意味で、なにを考えているのかわからなかった。

――予感がするんだ。

あのときの彼の瞳。

でも、僕がいつものとちがうと指摘したのは、彼ではなくて、セブだ。

「別になにも。夏休み中にまた会おうと言われました」

ロヴェルの不可解な言動を伏せたことに、たいした理由はない。グレイがじっと睨んできて、僕はやや身じろいだが、家のほうで電話のベルが鳴ったのに救われた。グレイが大股で小屋を出ていく。少し迷ってから追いかけると、グレイは受話器を置いたところだった。

セブが来る、と彼は告げた。


「死ななくてよかった」

というのが、黄色のボートでやってきたセブ・クルスの第一声だった。心底ほっとしたような顔で、罵倒されると思っていた僕は拍子抜けして、なにも返せなかった。

「ボートは回収できそうか」

グレイが訊く。セブは海を振り返って肩をすくめた。

「無理じゃねえの。いいさ、港の連中に言えばすぐ次がくる。それよりあんたの荷物も積んでたんだろ、そっちのほうが悲惨だ。ほら」彼は持ってきたバッグを船着場に放り上げた。「とりあえずいりそうなもん持ってきた。服は安物だからリアムのと比べるなよ。ほかにいるものが思いついたら教えろ。あとこれ」

紙袋を差し出される。受け取るといい匂いがした。

「サンドウィッチとスープだ。まだ温かい。うちは——、わかるだろ、あいつが作るからいい」

「——エミリア？」

僕がつぶやくと、二人が同時にこっちを見た。グレイは無表情だったが、セブはあからさまに顔を強張らせた。余計なことを言ったらしい。

「なんで名前を知ってんだ」とセブ。

「マルコさんが呼んだので」

セブはまた海を振り返り、グレイを見上げて、最後に僕に視線を戻した。

「俺の妹だ。あんたとは会う予定じゃなかった。そういうことになってるんだ。——身体が弱いんでな。見なかったことにしてくれ、スカイ」

「こいつの名前はウィリアムだ」

グレイが口を挟んだ。「は？」セブの声が裏返る。

「スカイはどうなったんだ」

「ケガをしたから、代理だと」

「なんでジョニーはなにも言ってこなかったんだよ」

「死んだからだ」

グレイの口調は淡々としていたが、セブは目を見開いて固まった。「死んだ？」囁くように繰り返し、呆然とこちらを見る。僕は居心地が悪かった。あの庭師がだれかにとって大事な存在だと考えたことはなかった。ましてや、自分がその人に訃報を伝える役目を負うことになるなんて。

「なんで？」

「交通事故らしい。リアムにも連絡しろ。遺灰がジョージアタウンの教会にあると、そう伝えるんだ。帰ったらすぐにだぞ。酒を飲む前にメールを送れ」

「……わかった」

「明日の予定は？」

ああ、とぼんやりした口調でセブが応え、ポケットから紙切れを取り出した。グレイが受け取る。

「また明日。いいか、リアムにメールしろよ」

セブのボートが遠ざかっていく。僕は空を見上げたが、やはりカラスの群れはいなかった。

「どうしてカラスは、クルス家の人だと攻撃しないんですか」

「やつらは顔を覚えるからだ」

すでにゲートに向かっていたグレイが答える。それくらいは僕だって知っている。

「そういう意味じゃなくて――」

「話題を変えろ」

「……セブさんとジョニーは、親しかったんですか？」

グレイが振り返る。僕はわずかに顎を引いた。この人との会話は、まるで地雷だらけの荒野を歩くみたいだ。

「あいつは繊細なだけだ」

そう言って、会話を振り切るように早足になった。

そのまま無言で家に戻ると、彼はやかんに水を入れて、裏口から外に出た。

「座ってろ。俺はコーヒーを飲む。インスタントだ。あとの飲み物は冷蔵庫にある」

僕は紙袋をテーブルに置いてから、シンク横にある、腰ほどまでの高さしかない冷蔵庫を開けた。一番場所を取っているのは半ダースの瓶ビールだ。あとは何本かの炭酸飲料、タッパーウェアに入ったサラダ、フルーツ、ベーコン、バターにチーズ、ミルクなど。冷凍庫はない。

「僕もコーヒーにします」

ああ、と外から返ってくる。ぱたん、と冷蔵庫を閉めて、僕はグレイに視線を向けた。開けっ放しの裏口のドアの向こう、煙草を吸いながら、無表情にやかんを見下ろしている。外のほうが家の中より明るく、室内にはうっすらと黄色い陽の光が射し込んでいる。

近づくと、彼は目を細めて面倒くさそうな顔をした。

「食ってろ」

ここにスカイがいたら、と僕はまた考えた。質問なんてしないだろう。地雷を感知したらその半径三マイルほどは近寄らず、座れと命じられれば座り、食えと言われれば食ったのかもしれない。

「あのサラダを作ったのって、エミリアですか?」

「お前はそんなやつは知らないはずだ」

「身体が弱いにしても、普通存在まで隠します?」

「話題を変えろ」

「……ほかのキャビネットを開けても?」

キッチンのなら、とグレイは言う。僕は引き返して、棚の中身を確かめていった。予想どおりたいしたものはない。大量のインスタント食品やパンなんかだ。食器や調理器具は必要最低限という感じだった。本当に来客がないらしい。紙袋の中身を出すとスプーンがなかったので、僕は引き出しから探してテーブルに並べた。そのうちグレイが入ってきて、マグカップにコーヒーを作った。

紙袋に入っていたサンドウィッチは四人分だった。ハムサンドが二つとツナサンドが二つ。スープはすべてクラムチャウダー。グレイはハムを選び、僕はツナを手に取った。セブが自分たちのために買ったのだとすれば、クルス家は三人家族ということになる。エミリア以外に隠れている人間はいないらしい。

コーヒーは濃くて、苦くて、熱かった。舌を火傷したかもしれない。逆にスープは冷め始めていてぬるかった。そういうどうでもいいことをいちいち新鮮に感じたのは、自分の感覚くらいしか、ここでは向き合うものがないからだ。スマホはない。テレビはない。タブレットもラジオも、外の騒音もない。向かいに座った男は喋らない。

静寂。

僕はときどきグレイを見た。ときには数秒間、じっと。彼はあくまで無視をした。この距離で気づかないことはありえない。意図的にこちらと視線を合わさないようにして、「なに見てるんだ」なんて決して口にしないようにしているのだ。短気な人物かと思ったが、そうでもないのかもしれない。

夏以外は、ここにひとり、なんだろうか。

死者の楽園に暮らす生者。

鳶色の長髪、琥珀色の瞳、よく陽に焼けた肌に無精ヒゲ。筋肉質だが痩せていて、ボクサーみたいな体形だった。ジョージアタウンにもこんな感じの人はいるが、彼らはもっと食べ方が汚いし、手も歯も汚い。――つまり、グレイは、よくわからない。いままで会ったことのないタイプだ。

「お前がずっとそれをやるなら、食事は別々にするぞ」

早々に食事を終えたグレイが煙草をくわえて言った。「――やるって、なにを？」僕は訊き返す。相手は眉をひそめて立ち上がり、コーヒーを足しにいった。よくない、と自分でも思う。こういう受け答えが癖になっているのだ。

「残りは夕飯にする。五時半だ。仕事についてはそのときに説明する」

「五時半？」

「朝は六時半、昼は十二時、夜は五時半だ。自分で作るなら、夜は好きな時間に食ってもいい。慣れたらな。だが、どちらにしろ、日没には寝ろ」

「何時なんですか？」

「九時前だ」

嘘だろ、と僕はつぶやいた。それだけ早く眠ったら、たしかに背が伸びるだろう、だれだって。

「九時を過ぎて部屋の明かりをつけることは禁ずる。これはルールだ。水一杯飲むのでも便所に行くのでも、どうしても夜中にやりたければロウソクを使うこと。それも短時間に限る」

刑務所みたいに健康的だ、という台詞は呑み込んだ。余計なことは言うな、という圧をグレイの目から感じたからだ。「飯までは好きに過ごせ」グレイはそう続けると、カップを持って奥の部屋に行こうとした。寝室があるんだろうか。僕は壁の時計を見上げる。夕食まではまだ五時間ほどある。ヒマ潰しになりそうなものはなにもない。

「グレイさん」

相手は迷惑そうに振り返った。

「グレイでいい。なんだ」

「島を散歩してもいいですか」

「好きに過ごせって言ったろ。さっき伝えたとおり、カラスがいるから、森の中には絶対に行くなよ。助けを呼ばれても聞こえない。ヘビにも気をつけること。草が刈られてない場所には入らないほうがいい」

「ヘビって、毒の？」

「嚙まれればわかる」

冗談とも本気ともつかない口調で返すと、彼は今度こそ廊下の奥に消えた。

別に分刻みのスケジュールを期待していたわけではない、というか、なにもわからないままここまで来たが、初っ端からこんなふうに放り出されるとは思っていなかった。自分の食事を終えて少し待ってみたものの、僕がここにいる限り、グレイは自室から出てこないだろうという予感はした。

奥からは物音ひとつしない。寝たんだろうか。

ちいさく息をつき、セブに渡されたバッグを持って裏口を出た。

まずは自分の小屋に行く。さっきはろくに中を見られなかった。空気を入れ替えるために玄関のドアは開けっ放しにして、窓もすべて開けていった。といっても、バスルームにひとつと、ベッドの反対側の壁にひとつあるだけだ。カーテンはない。たしかにだれからも見られる心配はないだろうが、カーテンのない窓があると、それだけでなにか打ち捨てられたような印象を与える。

数秒ごとに、静かだ、と思った。

風と波の音しかしない。

――朝の明るさも夜の暗さも、はてない海も深い静寂も、ぜんぶある。本当にぜんぶ――。

あの庭師もここに寝泊まりしたんだろうか。

そう考えると、死者の記憶の中に入ってしまったような、奇妙な心地がした。

次はマットレスの上に、バッグの中身を並べていった。着替えが数組、下着は新品のものがひとつだけ入っていて、「明日もっと持ってくる」とメモが貼ってあった。歯ブラシ、カミソリ、シェービングジェル、バーソープ、黒マジックで「塗れ」と書いてある日焼け止め……。アル中で喫煙者で短気でガラが悪い、というセブの印象が、だいぶ変わった。

バスルームはグレイの家と同程度の設備だった。どこもやや埃っぽくはあるが、不潔なところはない。小屋の中を歩いて、最後にデスクに引き出しがついていることに気づいた。空っぽだろうと思ったら紙と鉛筆が乱雑に入っていて、一番下に水色の封筒があった。「君へ」と書いてあるそれをそっと持ち上げる。封はされていない。だれかが開けたというわけではなく、最初から糊付けされていないようだった。中には便箋が一枚畳まれている。

『君へ

ようこそ、「楽園」へ。

僕はアクセル。君とおなじようにここに来て、君とおなじように手紙を見つけたから、僕も最後の日にこれを書いている。

僕は君がだれか、君がどこでどんな人生を送ってきたか知らない。

でも、この島が安全で、静かで、美しく、最高の場所だってことは知ってる。

ここにたどり着けた僕たちはラッキーだ。

僕はこれから、どこか新しいところで生活を始める。

でも、きっといつかここに戻ってくる。そう思うだけでうまくやれる気がする。

君がこの「楽園」で楽しく、安らかに過ごせるように祈っているよ。

グッド・ラック。

アクセル』

日付は書かれていなかった。ざらざらしてるけどそう古くもなさそうだから、去年か、ここ数年内のものだろう。僕はその手紙を二度読んでから元の場所に戻した。スカイだったら感激したかもな、というのが感想だった。僕にはあまり響かなかった。カラスやヘビや、ほかになんでもいいから、もっと具体的な情報が欲しかった。だが、特にトラブルもなくセブのボートでここに到着し、グレイに逆らわずに働くだけなら、カラスに襲われることもヘビに出くわすこともないのかもしれない。

……あるいは、エミリアを見つけることも。

マットレスに腰かけて、窓の外に視線を向ける。

エミリア・クルス。セブの妹。

黒髪かと思ったが、太陽の下、間近で見ると焦げ茶色だった。少しウェーブがかっていて——クルス家はきっとみんなそうなのだ——、長かった。目元もセブによく似ていたが、蜂蜜一瓶分くらい彼女のほうが柔らかかった。血管が透けそうな白い肌、走ったせいで上気した頰。

僕がひとりで海に出たらどうなるのか、エミリアは知っていた。

だから止めようとしたんだろう。本当なら見られてはいけない相手を。たぶん彼女がいるから、クルス家に連泊するのは無理なのだ。でも、そもそもなぜ存在を伏せたのかはわからない。

わからないことだらけだ。

アクセルという少年のことが能天気に思えた。家から逃げ出して、エミリアにも会わず、ここでのびのび暮らしたんだろう。今頃は三千ドルで人生をやり直している。ジョニーも似たような感じだろうか。……スカイもそうなるはずだった。

大人しくしていれば、そういうふうに済むのか。

右手の甲に貼られたガーゼに触れる。腕にも傷跡は残っている。まだ痛い。ボートの上で、すべてが一瞬で起こったようにも思えるし、転覆するまでずいぶん長い間耐えたような気もする。溺れる、と思ったときの、水面越しに見た空の遠さ。身体の重さ。光の美しさ。

でも、ああなったのは僕のせいではない。――少なくとも、僕だけのせいではないと思う。最初にグレイが上陸させなかったから話がこじれたのだ。普通に案内されていたら、もっと無難にできた。……たぶん。礼儀正しくするつもりだった。

ため息をついて部屋を見回す。

静かだ。

――退屈ってのは平和で贅沢なもんだろ。お前はちがう星から来たらしいがな。

小屋を出て、グレイの家を回って小道に出た。

玄関の前で数秒様子を窺ってはみたものの、やはりなにも聞こえなかった。あの男のことはまだよくわからないが、話してすぐ吐き気のしてくるような、つまらない偽善者ではないらしいだけでもよかった。昨日、「楽園」に呼ばれる者には共通点があるのだと気づいたときに少し心配になったのだ。こちらの——スカイ・ハーマーの——生い立ちを聞き出されて哀れまれ、涙を流しながら手を取られて、これからいっしょに楽しい時間を過ごしましょうね、なんてやられたらどうしようかと。

　自動的にモナのことが頭に浮かんだ。父親のことも。最終的には一応ジョージアタウンに戻る予定である以上、そのうちセブに頼んでメールしなければならないだろう。一ヶ月は長すぎる。でも、ひとまず彼らのことは考えたくなかった。こんな最果ての島にまで来て、「現実」の象徴みたいな人たちのことを思い浮かべたくはない。

　僕だって、少しくらいは家から逃げ出す権利があるはずだ。

　——でも、こんな場所で現実逃避なんて、できるんだろうか。

　小道をくだりながら、ちらりと墓地に目をやる。歩くペースは落としても、足を止めることはしない。まるで向こうからは、僕が見ていることを気づかれまいとするように。実際、墓石は森のほうを向いているので、僕からは彼らの背中しか見えない。——馬鹿馬鹿しい。だれもいやしない。こんなものは、ただの石と骨の集合だ。

だけどあのゲートを抜けたとき、たしかに既視感を覚えた。ジョージアタウンの墓地に行っていた頃の感覚を、頭より先に身体が思い出した。

　墓地を墓地にしているものはなんだろうか。

死体が埋まっていること？　でも何世紀も遡っていけば、完璧にクリーンな土地なんてどこにもないはずだ。死体が埋まっていて、墓石があること？　十字架。天使の像。柳の木。供えられた花束……。なんでもいいが、この空気は、ジョージアタウンの墓地のものによく似ている。

母のいる場所。

いや、死んだら別にどこにもいない。彼女の墓があるところ、というだけだ。もう何年も行っていない。そのことについてなにか考えることもなかったし、ここに来なければ、ずっとそうだっただろう。

スカイは、ここが「死者の」楽園だと知っていたんだろうか。

わざと僕に伝えなかったんだろうか。あいつにそんなことができるのか？　僕が墓地に行かなくなったことを、あいつは知っている。

小道の終わりの、チャペルの前に着く。グレイの家とおなじ石造りで、ドーム型の屋根だが、高さはこちらのほうがだいぶある。そして、どうやら広さもある。正面からはわかりづらいものの、奥行きがあって、反対側の終わりが見えない。

重たい木の扉を引っ張ると、ぎい、と音がして、ゆっくりと開いた。

例によってそこも、あまり明るくはなかった。ひんやりとした空気が流れ、そこで初めて、外は暑いのだと気づいた。屋内に入った途端に涼しく感じるのは、湿度が低いからだろう。

入ってすぐ右手に台があり、大小のキャンドルとマッチが置いてあった。火はついていないし、整頓されてもいない。それでもこの空間で、チャペルらしいと言えるのはその台と、天井がかなり高いところくらいだった。

祭壇も十字架もステンドグラスもない。絨毯もなく、白い敷石が剝き出しの床の上、古風なイスとちいさなテーブルがぽつんと置かれている。外から見たときよりも狭く感じるのは、入口側以外の三方の壁に隙間なく巨大な本棚が並んでいるせいだ。祈る場所というよりも、廃墟化した書斎、と呼んだほうがしっくりきそうだった。扉を閉めると、射し込んでいた光がだんだんと細くなって、消える。明かりは見当たらない。この大量のキャンドルでどうにかしろということか。窓は一応、手の届かないほど高い位置にいくつかあるものの、部屋の面積に対してちいさすぎて、ごく一部しか照らしていない。いまはちょうどイスのあたりに光が当たっていて、舞台装置のようだった。

僕はとりあえずそのイスに近づく。

半世紀前のものと言われても驚かない。座面と背面に臙脂色の布が張られ、上等そうではあるがくたびれていた。テーブルも似たようなものだ。恐る恐る腰をおろしたが、壊れるようなことはない。天井を見上げて、この建物はもっと広い、と気づく。もっと奥まで空間があるのに、僕の倍ちかく高さのある本棚が柱から柱まで並べられて壁のようになっているせいで、本来の半分程度の広さになっている。

あの本棚のどれかが隠し扉のようになって、奥に行けたら面白い。

そんなことを考えたが、子どもみたいな妄想だ、とも思った。背もたれに体重をかけて目を閉じると、陽の光を感じて瞼がほのかに温かくなった。視界からの情報がなくなると同時に、ここは音もない、と気づいた。小屋の中よりもさらに静かだ。波の音さえ聞こえない。壁が厚いからか。

「――」

すぐに目を開けた。あまりに静かで、ここがどこだかわからなくなるような感覚がしたのだ。まばたきして、周囲を見回す。中途半端だと思った。チャペルと呼ぶにはあまりに無機質で、がらんとしている。外が墓だから余計にそう感じるんだろうか。僕はそもそも教会もそんなに好きじゃないが、あそこも墓地とおなじで、独特の空気が流れている場所だと思う。ここにそれはない。瞑想には向いているかもしれない。神に祈る気にはなれない。

立ち上がって、今度は棚を見て回った。

小屋よりは探索のしがいがあったものの、発掘されたのは、ほとんどがガラクタだった。ぼろぼろのスツール、弦の切れたギター、いつかの時代のレコード。プレーヤーはない。木箱の中には筆記用具や破れたキャンバスが詰め込まれ、チェスの駒やトランプなんかも出てきたが、どれも埃まみれで、明らかに揃っていない。子ども部屋のベッドの下から出てきたもののコレクションみたいだった。

あとは、本棚にほぼ隙間なく並べられた、大量の本。

言語はばらばらで、英語のもの以外に、イタリア語もフランス語も、ドイツ語もスペイン語も見つかった。僕は苦笑するしかなかった。けっきょくここはどこなんだ、と。紙がだめになっているのも多く、舞い上がる埃にくしゃみを連発しながら、僕はどうにか読めそうな英語の本を数冊確保した。最近あまり小説を読まなくなっていたし、読むとしても電子書籍ばかりになっていたが、贅沢は言えない。この島では貴重な娯楽品だ。

イスに戻って少し休む。

窓から射す光の位置がさっきと変わっていた。ここに来てから小一時間ほどは経っただろうか。時計がないのでわからない。小屋にもなかった。時間の感覚のなくなる場所だ。この島自体、普通の時の流れみたいなものとは別次元にある気がする。

テーブルに置いた本をぱらぱらとめくっても読む気にはなれなかった。チャペルを出てもよかったが、少し考えてから入り口横の台まで歩いていった。太いキャンドルを選んで燭台にセットし、火をつける。――本当に、まるで舞台のセットみたいだ。この時代に、自分がこんなものを使うハメになるとは思わなかった。

入り口と向かい合って並んでいる本棚の前に立ち、さっきよりもていねいに見て回る。

今度の目的は本の調達ではない。この棚の向こうになにがあるのかが知りたかった。でも、棚にはどれも背板が入っていて、数冊抜いたところで後ろは見えなかった。本棚同士の間にも隙間はなく、いくらキャンドルを近づけたところで、本に火をつけそうになって肝を冷やす以外の収穫はなかった。

どうしても向こうの空間になにがあるのかを知りたければ、本棚を動かすしかない。この馬鹿でかい本棚を。思い切り体当たりすれば後ろに倒れるかもしれないが、あまりに乱暴すぎるし、すでにボロそうな棚は崩壊しかねない。その上、本をすべて出して棚だけにしたとしても、僕ひとりで動かせる重さなのかは怪しい。本の並び順まで元どおりに戻せるようにするとすれば、本の並び順まで元どおりに戻せるようにする必要がある。

時代錯誤な燭台を掲げ、立ちはだかる本棚を見上げてしばらく考えたが、初日に取り掛かるプロジェクトとしてはでかすぎると判断した。そこに壁があるから向こう側が見たい、なんて、登山家でもあるまいし。

キャンドルの火を吹き消す。

本を抱え、チャペルを出る前に立ち止まり、もう一度振り返った。別にたいした場所ではないのに離れがたいのは、ここを出たら残っているのは墓地と森しかないからだ。森は立ち入り禁止と言われた。となると、行き先は墓地しかない。

――嫌なのか？

知らなかった。母の墓に行かなくなったのは、行きたい、と思わなくなったからで、行きたくない、と思っていたからではない。そのふたつはちがう気がする――。

扉に体重をかける。溢れんばかりの陽の光がチャペルに入ってきて片手をかざした。僕は急にいまが夏だと思い出す。波の音がした。小道に立って、果てにあるグレイの家を見上げる。青い空の下、美しい白色の建物。そこからここまでの間に、生きている人間はいない。

深呼吸をひとつしてから歩き出す。墓地を墓地にしているものはなんだろう、という疑問が、頭の中でまた浮かんだ。

ノックの音で目を開けた。

ぱっと身体を起こす。――ベッドの上にいる。返事をすると、ドア越しに「飯」というグレイの低い声が返ってきて、足音はすぐに遠ざかった。

あくびをしながら窓を見る。まだ明るい。夕食は五時半、だったっけ。時計がないから確かめられない。

床に足を着くと、サンダルを履いたままだった。眠るつもりはなかったのだ。少し横になろうとしただけで……。奇妙な夢をみていた気がするが思い出せない。この現実と比較すれば、そう奇妙でもなかったかもしれない。

顔を洗ってから小屋を出た。

グレイが昼の残りを温め直していた。コンロは二口で、フライパンにサンドウィッチが並び、鍋ではスープがくつくつしている。この家にはトースターも電子レンジもないのだ。

「目覚まし時計が欲しい」

寝起きの少し掠れた声で、僕は訴えた。相手は煙草をくわえたまま「あとでな」とつぶやいた。

「腕時計も」

「それはセブに言え」

グレイの視線はフライパンに向けられたままだ。僕は彼のごつごつした手が握るフライ返しをちらりと見て、昨日クルス家で出た夕食は、エミリアの作り置きだったのだ、と気づいた。あれからまだ一日。もう一日。家に入って、コップに水を汲んで飲み干した。まだ寝起きの気分が抜けず、いまが夜というのを身体が認めていないみたいだった。

「寝てたのか」

テーブルに皿を置きながらグレイが言う。僕は水切りカゴにあったスプーンを並べた。

「はい、少し」

「別に仕事以外はいつ寝てもいいが」彼は煙草を消して席についた。「夜も寝ろよ」

眠れない予感がした。この気怠さは、おそらく時差ボケも混ざっているのだ。僕も彼の向かいに座り、スープに取りかかろうとして、熱すぎてやめた。グレイはビールを開けると、背もたれにぐいと体重をかけ、足を組んで飲み始めた。

じっとこっちを見たままで。昼間の仕返しでもするみたいに。

僕はサンドウィッチを食べながら視線を返した。垂れた前髪から覗く琥珀色の瞳。なんだか値踏みされているように感じる。

「スカイのことは」彼は瓶を片手に口を開いた。「ある程度は知ってた。ジョニーが事前に知らせてきたからだ。だが、お前に関しては、なにも知らない」

「……知りたいことがあるんですか？」

ケンカを売るような口調にならないよう、僕は慎重に言った。

「スカイとは同級生だって？」

「はい」

「つまり、十六歳」

「そうです」

「両親は？」

自分の指先が強張ったのを感じた。それを隠そうとしたのも。僕はまばたきをひとつする。グレイはすべてを見ている。

「父がいます」

「シンプルだな。母親はどうした」

「話題を変えてください」

こちらの切り返しにも、相手の表情は変わらなかった。彼は手を伸ばしてビールを置くと、「お前」ゆっくりと言った。

「墓が怖いわけじゃないよな？」

右手がびくりとして、僕はスプーンを取り落とした。グレイの視線がテーブルに向く。

僕は拾い上げてシンクに置き、こぼれたスープはナプキンで拭った。座り直すのと同時にグレイが短く息をつく。

「いいか。俺はただ訊いてるだけだ。さっき、小道にいるところを見かけた。墓のほうをじっと眺めて、中に入って、すぐに出てきた。怯えているように――、とまでは言わないが、躊躇しているような感じはした。この島に入ったときも様子がおかしかった。あのときは海に落ちた直後だったから、たいして気にしなかったが」

促すような沈黙があった。僕は目を逸らし、やや俯く。

あれがなんだったのか、自分でもよくわからない。

チャペルを出たら、墓地を抜けて森の入り口まで行くつもりだった。それなのに、小道に立ったら動けなくなった。糸杉の間から墓地を眺めた。どこまでも続く緑色の芝生、おなじ方向を向いて並ぶ十字架、灰色の墓石。――死者たち。一斉に森を振り返って動けなくなったみたいな、停止ボタンを押されたままの空間だった。遠く、とても遠くで、波の音だけが繰り返していた。僕は大きく息を吸い込み、やっと一歩、墓地に踏み込む。なにかを壊すような気持ちで。地面は柔らかい。サンダルを履いた足の肌に、芝生が触れた。陽の光を浴びた植物の温度がした。僕はまた動けなくなった。

墓が怖いわけじゃないよな？

「怖かったわけじゃありません。ただ――」

あれはたぶん、疎外感にちかかった。いまここに生きている人間は自分しかいない、ということに圧倒された。いざ入ってみると、ジョージアタウンの墓地なんかとはまったくちがった。あそこはもっと雑然としている。墓参りをする人がいて、犬の散歩をする人がいて、ごみが落ちていて、外を通る車の音や子どもの声なんかがする。でも、「楽園」にはなにもない。静かすぎて、綺麗すぎて、整いすぎていて、侵すことは許されない。僕は呆然として後ずさり、小道に戻った。何度試してみてもおなじことだった。なにかが何層にもなって侵入者を拒んでいるようで、僕には突破する気力がなかった。

「ただ?」

グレイが冷静に訊き返す。僕は顔をあげた。

「ただ、気の滅入る場所だなと思って。疲れてたし、チャペルで見つけた本も持ったままだったし、一度小屋に戻ろうと思っただけです。そのまま寝ちゃいましたが」

「入ろうと思えば入れるんだな」

はい、と僕は頷いた。彼はさらに数秒こちらを見た後、「ならいい」と言ってスープに手をつけた。

「食ったら外に連れていく」

外は六時を過ぎてもまだ明るかった。

気温は少し下がったようだが、上着が必要なほどではない。家を出て、グレイの後ろをついていきながら、僕はなにか違和感を覚えた。彼の背中をじっと見つめる。さっきセブに会いに船着場に行ったときも、おなじように彼の後ろを歩いた。そのときとなにかがちがう――。

「この島は」小道の途中でグレイが振り返る。「東西に長く、南北に短い。大雑把に言えば、森があるのが東、壁が並んでるのが西、俺たちの家が北で、船着場が南だ」

僕は相手の顔を見てからもしばらく考えていたけど、聞いてんのか、というように間を置かれたので頷いてみせた。彼が森の方角を指さす。

「森からここまでの区画は、『グラウンド』と呼ぶ。見てのとおり、普通の墓地があるだけだ。小道から西側は『壁』と呼んでる。夏の訪問者のほとんどは、こっちが目当てだ」

「どうしてですか？」

「こっちのほうが新しいからだ。来てみろ」

グレイは生垣の間を抜けて「壁」の区画に入った。一瞬こちらを確かめたが、僕は特になんの表情も浮かべていなかったと思う。怖いわけじゃないのだ。それにいまはグレイもいる。生きている人間がいっしょに。

しばらく無言で進んだ。両側の白い壁を見上げて、迷路にいるみたいだ、と思う。石板の蓋には、名前と生年・没年が刻まれているものもあれば、なにも書かれていないものもある。まだ空の壁龕もあるということだろうか。花が飾られているところもある。そしてそれが、高校のホールに並ぶロッカーのように、延々と続いているのだ。僕は歩きながらその数をかぞえていった。縦に五段、横に十二列で一ブロック。ブロックの間には通路がある。三ブロック分進んだところでグレイは立ち止まった。順路を塞ぐように、これまでの壁に垂直になるようにまた別の列がある。

「いままでのがコロンバリウムだ。わかるか？」

「遺骨を納めている？」

「そう、骨だけだ。で、ここから先の壁には、棺ごと入ってる。いままでのより奥行きがあるし、一個一個がでかいだろ」

「それに古い」

コロンバリウムはほぼ真っ白だが、こっちは石がところどころ剝げていたり、色が統一されていなかったりして、劣化している。グレイが頷いた。

「そうだ。コロンバリウムは比較的最近できたんだ。で、ほとんどの訪問者は、この中のどれかの故人と知り合いだ。お前は前日にセブに情報をもらって、事前に訪問者を連れていくべきアドレスを確かめておく。当日は船着場まで訪問者を迎えにいってここまで案内する。帰りの時間がきたら船着場まで送る。それだけだ」

グレイがポケットから紙切れを取り出す。さっきセブに渡されたやつだ。受け取ると、それが明日の予定だった。手書きではなくタイプされたもので、ミセス・ジェニングスという女性が「訪問者」として書かれている。到着は十時半、帰りは十三時。夫の墓参りで、彼のアドレスは――。

「壁C、B、2、上から三段目、右から五番目」

暗号みたいだ。僕はグレイを見る。

「壁だからこの区画だ。グラウンドなら『G』になる。『C』はコロンバリウム。アルファベットは北からかぞえて二列目ってことだ。2は二ブロック目。あとはわかるだろ、連れていけ」

たしかにそう難しい指示ではなかった。僕は棺の壁を左手に北――小屋のある方角に進み、一番端の列で右に曲がった。一ブロック分戻って、右側の壁を見上げながら歩く。上から三段目、右から五番目に、「マイケル・ジェニングス」と記された石板があった。

「あそこです」

ああ、とグレイが言い、供えてあった花に手を伸ばして回収した。だいぶしおれた赤いポピーが数本。

「普通、こういうところにずっと置いておくなら、造花にするんじゃないですか」

「人による。ミセス・ジェニングスは、いつも生花を持ってくる」

「……、つまりこの人は、数日前にも来て、明日また来るってことですか？」

ポピー片手に小道へ戻りはじめたグレイが首だけで振り返る。この人に花は似合わない。まるでそれを自覚しているように、そのちいさな花束を、彼は身体から離して運んだ。半袖のTシャツから伸びる腕。僕はまた、さっきの違和感を思い出す。

「そうじゃない。ここでは命日には生花を供えることになってる。これは俺がやったんだ。ミスター・ジェニングスは、八年と五日前に死んだんだよ」

グレイの声には、感情があまりこもらない。表情も変わらない。初対面のときのあれは別人だったんじゃないかというくらい、常に淡々としている。僕は後ろを振り返り、ほかにも生花があっただろうかと考えた。覚えていない。興味がないから、人工も天然も「花」として流していた。

でも、ここに葬られている人ひとりひとりの命日に花を供え、しおれたら回収し、また次の人へ、という作業を繰り返すのは、途方もない手間に思えた。そして、あまり意味のないように。頻繁に墓参りがあるならまだしも、だれもいないところでそんなパフォーマンスをしても、届く相手がいない。花の無駄遣いだ。

「明日まで置いておけばいいのに」

僕はつぶやいた。そうすれば少なくとも、ここの墓守は仕事をサボっていないことが、ミセス・ジェニングスには通じる。

グレイは前を向いたままだったが、一瞬だけ笑ったような気配がした。彼の背中の向こうには生垣があり、小道を挟んで糸杉が並び、その先にまた墓地がある。いまの僕らは彼らとおなじく東を向いている。

「言ったろ。ここは『死者のための』楽園なんだ」

家に帰ると、墓守は花束をゴミ箱に捨てた。テーブルに寄りかかりながら煙草に火をつける。墓地にいる間は吸わなかったのだと、そのとき気づいた。

「墓参りについては以上だ。質問は？」

「ありません」

「明日は俺がやるのを見るだけだ。朝飯の時間は」

「六時半」

「日没は」

「九時？」

そして、いまはまだ七時にもなっていない。グレイは一度奥の部屋に行き、目覚まし時計を持ってきた。便利なものをなにも許さないこの島にぴったりの、古そうなアナログ式の置き時計だ。

「いいか、ウィリアム・クイン・チェスター」脅すような声で、彼はわざわざフルネームを呼んだ。「九時までには絶対に寝ろ。寝るのが無理でも明かりは消せ。守れなかったらクビにするぞ。いいな」

「わかりました」

時計を受け取ったときに初めて、違和感の正体がわかった。——彼の腕。なにもないのだ。僕の腕は、カラスにつけられた傷がいくつも赤く残っているのに。海からあがった直後は、彼の肌もおなじ状態だったはずなのに。

「なんだよ」

グレイが訝しげな顔になる。

「……なにも」

僕はつぶやく。

思いちがいだ。あのときは混乱していた。死ぬ思いをした直後だ。この人がケガしたのは自分のせいだ、という罪悪感もあった。たしかに血を見た——。でも、じゃああれは、肩や背中にできた傷から流れていたものだったんだろう。いまは服の下に隠れていて見えないのだ。

「失礼します」

裏口から外に出た。

小屋まで歩いていって、入り口で振り返る。互いの家の窓の位置を考えれば、夜中にグレイが外に出てきてこちらの小屋の周りを徘徊でもしない限り、僕が何時まで活動しようがバレる心配はなさそうだった。そしてあの墓守は、そんな間抜けな教師のような真似をするほど細かい人間には見えない。

ルールを破ろうと決めていたわけではない。

ただ僕はまったく眠くなかったし、バレるはずがない、と思いながら小屋に入った、というだけだ。

夜は長かった。

ベッドメイキングをして、荷物を整理し、ただ時間を潰すためだけにシャワーを浴びて出た頃には、九時就寝なんて不可能だとわかっていた。もともと夜型なのだ。陽が落ちてからはデスクのランプを引っ張ってきてベッドに届くようにし、本を読んで過ごした。窓はバスルームと裏庭に面したところ――グレイの家とは反対側――にしかないので、光が漏れる心配もない。チャペルで発掘した本はあまり面白くないファンタジーで、おかげでそのうち眠気を覚えた。

ランプを消してベッドに潜ったのは、十一時頃だったと思う。だが、そこからのほうが長かった。暗すぎて、静かすぎて、妙な胸騒ぎがして逆に目が冴えてしまったのだ。人工的な明かりのまったくない世界というのは奇妙だった。外を車が通りすぎることも、パソコンが明滅することも、スマホがなにかを受信することも、ない。自分が何世紀も前の暗闇の中に閉じ込められたような気がした。これだけ暗ければ、わずかに光が漏れるだけで、グレイが夜更かしに勘づくこともあるかもしれない。そう考えたらますます眠れなくなった。

窓の外のほうが、小屋の中よりも明るいようだった。遠くの波の音を聴きながら、僕は昼間に自分が沈みかけた海の青さを思い浮かべた。いま、水面は真っ黒なんだろうか。そこには月が浮かんでいるんだろうか。船着場もチャペルもだれもおらず、墓石は相変わらず森を向いたままで、この島にはあの異常なカラスと、墓守と、僕しかいない。

　こんなところで、みんなどうやって「よく眠れて」いたのだろう。

　当然のように墓地にいる夢をみた。怖いものではなく、ただ、自分がそこに立っているというだけだ。何度も目を覚まし、窓を見やっては、自分が夢をみているのか眠っているのか混乱した。ようやく外が明るくなってくると、疲れはてて起きた。五時すぎだった。いつもなら死んでも起きない時間帯だが、いまはとにかく「睡眠」という行為を終わりにしたかった。

　顔を洗って、鏡の中の自分と目を合わせる。

　食事の時間はまだ先だ。僕は着替えて、サンダルを引っ掛けてドアを開けた。

「……？」

　なにかの臭いが鼻についたのと、足の裏に妙な感触がしたのは同時だった。

　本能的に嫌な予感を覚えた。

　足元に視線を落とす。

　そこに落ちていたのは、小鳥の死骸と、ばらばらになった魚の胴体だった。


「──っ」

飛び退って、足をもつらせて転んだ。右のサンダルは、魚のはらわたを踏んだままその場に取り残された。悲鳴はあげなかった。声が出なかった。

「なに、を――」

一拍置いて、それだけが喉から漏れる。尻餅をついたまま振り返ったが、部屋の中にはもちろんだれもいない。なにもない。全身に鳥肌が立ち、足で思いっきりドアを蹴った。がんっ、と凄まじい音を立ててドアが閉まる。グロテスクなものが見えなくなる。それでもその場から動けなかった。地面に落ちていたものの映像が頭に焼きついて、ドアから目を逸らせなかった。

足音が近づいてくる。

常識的に考えればグレイのものでしかありえないが、確信していたわけではない。悪態をつく彼の声が聞こえて、次の瞬間に勢いよくドアが開く。僕はびくりとする。

「何時まで起きてたんだ」

死骸をまたいで入ってきた墓守は、座り込んだままの僕を睨んで言った。

「――なんだって？」

「あれだけ言ったのに、日没を守らなかったな」

僕は信じられない思いで相手を見上げた。

「これがあんたの罰なのか？　ルールを破ったら、生き物を殺して玄関先に撒いておくのが？」

「なんで俺が、そんなことをしなくちゃいけないんだ！」

グレイが声を荒らげる。昨日、僕を島から追い返したときのような剣幕で。僕はベッドに掴まるようにして立ち上がり、マットレスに座った。ドアは開いていて、死骸が見える。髪をかきあげる指先が冷たかった。視線を外せない僕に気づいたグレイが片手でドアを閉める。彼の顔色も悪かったが、ゆっくりとデスクに腰かけて煙草をくわえたときには、もう怒っているようには見えなかった。ただ疲れているようだった。

「なんなんだ」つぶやいた声は、少し震えていた。「ここでは、いったい、なにが起こってるんだ」

やや俯いたグレイが、は、と煙を吐き出す。

「……知らなくてよかったのに」囁くように彼は言った。「お前はなにも知らなくてよかった。ただ普通に仕事をしてくれればよかったんだ。そうすればなにも起こらない。いつもは、だれもこんなことは、しない」

僕はぼんやりと彼を見て、そうなのかもしれない、と思った。

――この島が安全で、静かで、美しく、最高の場所だってことは知ってる。

ここにスカイが来ていれば。

僕みたいなのが送り込まれていなければ。

ここの夏は、そういうふうに過ぎ去ることもできたのかもしれない。

「まだ帰れる」

グレイが顔をあげる。彼は煙草の灰を床に落とし、静かに、説得するように続けた。

「航空券を買ってやる。セブが港まで送る。この島のことはだれにも言わなければいい。スカイのことだって、リアムにやらせれば悪いようにはならない。お前はただ元の――」

「嫌だ」

「お前な……」

「ここに残る」僕は言った。自分でも理解できない必死さで。「残れる。ルールだって守る、それが必要なことならば。僕はただ知りたいだけだ。この島がなんなのか」

なにもわからないままで追い出されるのは嫌だった。

いまここを離れるのは。あの町に戻るのも。

グレイはしばらく黙っていた。なにを考えているのかわからない――、というか、なにもない、みたいな表情で。暗くて、疲れた空虚な瞳で。それからふっと腰をあげ、ドアを開けた。僕はその一挙一動を見つめる。彼は死骸をまたぐと、眩しげに空を見てから、こちらを振り返った。

「コーヒー飲むか」


コンロで湯を沸かすグレイは、煙草をくわえて、やかんを見下ろしている。僕はイスに座ってそれを眺めた。もうすぐ六時。家の中は静かだ。僕ら以外、だれもいない。

——なんで俺がそんなことをしなくちゃいけないんだ！

あるいは。

インスタントコーヒーの粉の入ったマグカップにグレイが湯を注ぐ。柔らかな煙が立ちのぼる。スプーンで中身をかき混ぜる。かちゃ、かちゃ、かちゃ。彼はコーヒーになにも入れない。運ばれてきたカップに、僕は角砂糖をひとつだけ落とす。グレイは短くなった煙草を消し、すぐにまた新しいのに火をつけた。大きく煙を吐き出す。長い長い溜息みたいに。

「たいして複雑なことじゃない。ここは死者のものだって言ったろ。彼らを邪魔すれば罰を受ける。それだけだ」

「……罰って、だれから？」

「カラスだ」

「なんだって？」

「聞こえたろ」

冗談を言っているふうには見えない。むしろ、この世で一番面白くないことを話している、という顔をしている。

「カラスだ。あいつらは自分たちが死者を守ってると思ってるんだ。だから、死者の眠りを妨げるような真似をすれば罰を受ける」

　相手はコーヒーを一口飲んだ。僕は自分の手に残る傷跡を指先で撫でた。青空を、捨てられた夜の切れ端みたいに飛び交っていた黒い影。責め立てるような鳴き声。あれがなにを守るって？

「僕がベッドで本を読むことと、死者の眠りに、なんの関係があるんですか？」

「お前が死んでたら、寝てるところにちかちか光が入ってきたら鬱陶しいだろ」

「僕が死んでたら、外で明かりがついていようと爆弾が落ちてこようと、気にならない。死んでるんだから」

「じゃあ、やつらにそう説明するんだな」

　グレイが空になった煙草の箱を放り投げる。ゴミ箱に命中して、すこん、と音がした。投げやりな静寂。

「本気で言ってるんですか？」

「残念ながら」

「カ、カ、カラスが、死、死者を、ま、ま、守、守ってる？」

「怖くなったか？」

　僕は彼を睨みつける。

「ここに残ります」

「そんなことは訊いてない」

「――信じられない。幽霊の話でもしてくれたほうが、まだ納得できる」

「墓地だからゴースト・ストーリーってか？　阿呆らしい。幽霊なんざいない。ここにいるのはカラスだけだ」

吐き捨てるようにグレイは言い、まだ納得していない顔をしていたらしい僕を見て息を吐いた。

「お前が信じないっていうなら、俺が、やってることにしてもいい」

「それも信じられません」

「とにかくここに残るなら、俺の言うことには従え。今回のあれは警告だ。繰り返せば悪化する」

「どんなふうに？」

「血が出てなかっただろ」

「は？」

「あの鳥だ。あれは、カラスが見つけたときには死んでた。それを運んできただけだ。でも、カラスの機嫌を損ねれば、いずれそうじゃなくなる」

「カラスが小鳥の虐殺でも始めるんですか？」

「鳥でも、もっとでかいのでも。忘れたのか？　やつらはお前だって殺しかけたんだぞ。なにをするかなんて俺にだってわからない。――それに、いいか、なにをされたとしても、やり返すことだけはするなよ。あいつらは『敵』と認定した人間の顔は忘れない。その上仲間内で共有する。そうなったら、お前がどれだけ意地を張っても無駄だ。ここを出るしかなくなる」

グレイが立ち上がる。朝食の用意を始めるらしかった。六時すぎ。どんな朝だろうと、食事の時間は変わらないということか。

僕はしばらく座ったままでいたが、彼が外に出てから席を立ち、冷蔵庫にあったものを適当にテーブルに並べた。食器類も。それからグレイに近づく。フライパンでパンを焼いていた相手は、ちらりと視線をあげて迷惑そうな顔になる。

「カラスのことって、墓参りに来る人たちは知らないんですよね」

「当たり前だろ」

「クルス家の人たちは？」

「知ってる」

「ロヴェルさんは」

「お前は質問が多すぎるんだよ」

「死者って質問が嫌いなんですか？」

「くそガキ。座ってろ」

僕が従わないでいると、グレイは舌打ちしてまた煙草に火をつけた。このペースだと、一日に二箱くらいは消費するんじゃないだろうか。見たことのない銘柄で、マルボロに似たパッケージだった。箱の半分くらいには、僕には読めない言語でなにか書かれている。世界のトレンドを考えれば、「これを吸い続ければ死ぬ」とかなんとか綴られているんだろう。悲観的な預言者の言葉みたいに。

「セブさんに頼めば、僕も煙草をもらえますか？」

「だめに決まっててんだろ」

うるさそうに返されて、僕は笑い出した。理由はわからない。なにかが突然、可笑しくなったのだ。相手が気味悪がるような表情になったのでそれはますます悪化し、席に戻ってからもしばらく収まらなかった。

「お前が笑えるとは知らなかった」

フライパンを持ってきたグレイが、皿にトーストを並べながらつぶやく。

僕もだ、と内心で思う。

ぬるくなったコーヒーに口をつける。グレイがようやく煙草を消し、チーズに手を伸ばす。楽しい気分になったのはいつぶりだろうか。楽園に、死者を守るカラスに、不機嫌な墓守。上等じゃないか。少なくとも、あの町からも、退屈からも程遠い。

「なにに浮かれてんのか知らないが、さっさと食え。終わったらさっきのを埋める」

「お墓を作るんですか？」

あれも死者だからな、とグレイがつぶやく。僕は開け放たれたままの裏口を見た。ここからは死骸は見えない。裏庭があるだけだ。子どもの頃、飼っていた金魚が死んで埋めたことがあると思い出した。ずっと昔。悲しかったかもしれない、あの頃はまだ、そういうことが。

一瞬だけ、ジョージアタウンの自分の家が浮かんだ。
その庭の片隅に、俯いて立っている自分の姿。
母の声。
「——」
まばたきの間に記憶は遠ざかり、僕はトーストにバターを塗る。
「楽園」の一日が始まる。

3．訪問者

十時半の十分ほど前に船着場に行くと、グレイは杭に寄りかかって座り、煙草を吸っていた。

僕は立ち止まって、彼を凝視した。

裏庭に小鳥一羽と、魚のパーツを埋め終わったのが三時間前のことだ。グレイは、そのときとは別人のようだった。無精ヒゲは綺麗に剃られ、髪もぼさぼさではなく、後ろでひとつに結んである。ライトブルーのシャツに黒いジーンズという服装で、シャツに皺はなく、ジーンズに穴はない。気怠げな瞳だけは変わらないが、その格好で海を眺める姿は、古い映画の主人公みたいな佇まいだった。

「洗濯はこまめにしろよ」

ちらりとこっちに視線を向けて言い放つ。僕が着ていたのは昨日とおなじものだった。生成り色のシャツに濃いベージュのチノパン。袖も裾も少し折ってある。スニーカーだけは自前のものだ。

「身綺麗にする、の程度がわからなくて。ロヴェルさんの服が一番きちんとしてるから」

「セブの服だってかまわんさ。あいつだって馬鹿じゃないんだから。ドレスコードがあるわけじゃない。ただ清潔にしてろってだけだ」

彼は携帯灰皿で煙草を消し、船着場の先端ぎりぎりまで歩いていった。よく晴れていて、空も海も青く、カラスはどこにもいない。

「彼女はいつも、ピクニックをやる」

「ミセス・ジェニングス？」

「旦那の墓の前でな。その後にチャペルにこもる」

「あそこでなにをするんですか？」

墓守は肩をすくめ、こっちを見た。

「さあな。本人の勝手だ。お前は質問が多いって言っただろ。喋るな。名前を訊かれてもフルネームは答えなくていい」

そのうち、水平線に黄色いボートが現れた。

ミセス・ジェニングスは、裕福そうな老女だった。白髪を綺麗に結い上げて、小ぶりなパールのイヤリングをつけ、淡い色のワンピースを着ている。そんな人が、手漕ぎボートに乗ってセブと向かい合っているのは不思議な光景だった。ボートが着くと、彼女は茶色のサングラスを少し下にずらし、まずグレイを、次に僕を見上げた。

「ひさしぶりね、グレイ」

おひさしぶりです、と墓守は返し、セブからカバンを引き取り、立ち上がった老女の手を取って、ごく自然にエスコートした。セブと一瞬だけ目が合う。彼もヒゲは剃っているが、服装は昨日とたいして変わらない。ただし煙草は吸っていなかった。「じゃあ、一時に来ます」と言い残すと、すぐに方向転換して離れていった。

「今年の子はなんだか垢抜けてるのね」

未亡人がにこやかに言う。放っておけ、と思ったものの顔には出さず、「ウィルです」と挨拶した。

「今年も私が最初？」

そうです、とグレイ。礼儀正しいが、やはり愛想はない。ちらりと視線を向けられて、僕は一歩下がる。二人は隣り合って歩き出す。

「あなた、ずいぶん痩せたんじゃない？」

「そうでもありません」

「不摂生そうだものね。たまにはこの島を出ることもあるのでしょう？　病院に行って、検査してもらったほうがいいわ」

「そうですね」

グレイは会話を一インチも拡げない返答を心がけているようだった。たしかに、と僕は思う。来客がないなら、この人がここを出ることはあるんだろうか。いままでその可能性に思い至らなかったのは、そんなふうに見えないからだ。この人がなにかを買いに、あるいはだれかに会いに、ここを出かけていく、なんて。

昨日確認したミスター・ジェニングスの墓まで連れていくと、グレイは地面にカバンを置いた。赤いバラの花束が入っているのが見える。あとは水筒にランチボックス。本当にピクニックのセットだ。ありがとう、と老女が微笑む。墓守は無表情だ。

「一時少し前に迎えにきます。それまでになにかあれば、小道まで出てきてください。俺かウィルがいるので」

わかったわ、と未亡人は頷き、こちらにも笑顔を向けてきた。グレイといっしょに小道に戻ったところで、腕を摑まれ、彼女から見えないところまで引っ張っていかれる。

「いまのはなんだ」

「なにがですか？」

本気でわからなかったので訊き返した。相手が目を細める。

「親しげに振る舞う必要はない」

「名乗る以外してない」

「笑うな」

「あんた、どっかおかしいんじゃないか」僕は腕を振り払う。

「黙れ。いいか、十二時まではお前が担当だ。裏庭の倉庫に草取り用のフォークがあるから、『グラウンド』の雑草を抜け。ミセス・ジェニングスの視界には入らないようにして、無駄な音も立てないこと。小道に近いところから始めて、彼女が出てきたら見えるようにしておくこと。十二時になったら帰ってこい、交代する」

「時計がない」

「目覚まし時計をやっただろ」

僕はなにか言い返しかけたが、相手の目を見て口を閉じた。嫌なら出ていけと言われるに決まっている。裏庭に回って倉庫のフォークを見つけ出し、自分の小屋からは目覚まし時計を取ってきた。これを持ち歩くのか？　馬鹿げてる。グレイは見張るように家の前に立って待っていた。もちろん煙草を吸っている。

「五日以内に『グラウンド』をぜんぶやらせる。サボるとあとで後悔するぞ」

「手でやるんですね。自分が死んでるところに除草剤が降ってきたら不愉快ですからね」

「わかってきたじゃないか。さっさと行け」

中指を立ててやろうかと思った。深呼吸をして踵を返す。途中でミセス・ジェニングスの声が聞こえて足を止めたが、生垣の間から覗いた限り、彼女は夫に話しかけているらしかった。死者とピクニックか。この島にはお似合いだ。

指を鳴らす音がして振り返ると、坂の上に仁王立ちした墓守が、ジェスチャーで「行け」と命じてきた。

自分がどうやら墓地を嫌っていることは、認めないわけにはいかなかった。

てくる。

「壁」の区画ならまだいいが、「グラウンド」はだめだ。墓地らしい墓地、というのか。芝生の上を歩いていると、そこに染みついた死の成分が足の裏を撫でてくるように錯覚してくる。

とはいえ、怖いわけではない。その空間にいて愉快な気持ちになることはない、というだけだ。単に慣れの問題かもしれない。墓地に慣れていないのではなくて、むしろ通っていた頃のことを思い出しているとか。別にここに知り合いは埋まっていないのに。

十二時五分前にアラームをセットして、時計を地面に置く。

「グラウンド」を眺める。綺麗な場所ではある。芝は少し伸びているが、こまめに整えられているのはわかる。普通の墓だったら、よく人の来るところと来ないところは見分けがつく。でも、ここの墓はどこも平等に美しい。あの墓守がひとりですべてやっているのだとすれば、修道士のような勤勉さだ。

ポケットに手を入れて、ゆっくりと墓地を歩いた。——別に、サボるつもりではなくて。準備運動のつもりで。昨日は「壁」にしか行かなかったので、ここをきちんと歩くのは初めてだ。墓石にちょろちょろ動くものがあると思ったら、鮮やかな緑色をした、ちいさなトカゲがいた。蝶々、ミツバチ、ちいさな虫たち。足元にタンポポを見つけたので引っこ抜く。植物には詳しくないが、タンポポの特定術だけは身についている。幼い頃、母に仕込まれたのだ。庭で見つけたら抜いてね、と言われた。放っておいてはだめなの、すぐに抜かなくちゃ。

墓は十字架の形が多いが、四角いものも、天使の像が載っているものも、もっと芸術的で凝ったモニュメントもある。墓碑に記されている名前はほとんどが外国人だ。――無論、僕にとっての外国人なので、英語名ではないものが大半、ということになる。「壁」の区画の名前は読みやすいものばかりだった。ここには地元の人が埋葬されていて、「壁」は外国人向けということか。

だが、「グラウンド」にも少数ながら英語で書いてあるものもあった。「最愛の妻、母親」とか、「みなに親切だった夫、愛を込めて」とか、そういうメッセージが彫られている。内容は似たり寄ったりで、あまり面白くはない。こんなところでオリジナリティを求めても仕方ないだろうけど。

「スティーヴの妻、ウィリアムの母、ここに安らかに眠る」

マーガレット・アガサ・チェスターの墓碑には、そう彫られている。彼女が死んでから五年ちかく経つが、僕は最初から、ミセス・ジェニングスのような真似ができなかった。つまり、墓に向かって話しかけるというあれだ。だから墓参りに行っても手持ち無沙汰になった。ただいつまでも暮石を見下ろして、ここに彼女がいるんだろうか、と考えた。心の中で語りかけるとか、彼女の好きな花を供えるなんてこともやらなかった。すべてごっこ遊びの一部みたいに感じた。サンタクロースの不在を知っていながら、茶番に付き合わされているときのあの感覚に似ていて。

父の反応はちがった。彼は、命日はもちろん、誕生日や結婚記念日にまで、巨大な花束を持って供えにいった。――最初の一年は。次の一年にはその機会は半分くらいに減り、その次の年にはモナを隣町から呼び寄せて、死んだ妻ではなく生きている恋人に心を捧げることにした。

スカイ・ハーマーのことは、墓地に行くたびに見かけた。あいつは家の中でゆいいつの味方だった祖父を亡くして絶望していた。いつも暮石の前に膝をついて泣いていて、僕はそれを目にするたびに奇妙な気持ちになった。自分も泣けたらいいのに、と思ったわけではない。ただ、墓の前でやることがあるというのが羨ましかったのだ。

それはある日の休み時間だった。スカイはいつもどおり、同級生にいじめられていた。だだっ広いスクールホール。自分のロッカーの前で次の授業の準備をしているとき、僕はトッド・ハンスが嘲るような口調でこう言うのを聞いた。

「おいスカイ、そんなにじいちゃんが恋しいんなら、いっそ掘り起こしてベッドに連れ込んだらどうだ。まだ半分くらいは虫に食われてないかもしれないぞ！　ひとりじゃ眠れないんだろ」

そのとき僕の目についたものの中で一番重たそうだったのは、図鑑並みに馬鹿でかくて分厚い数学の教科書だった。僕は右手で構え、げらげら笑っているハンスの顔を思いきり殴った。鼻の潰れる音がはっきりと聞こえた。やつはロッカーに背を打ちつけ、座り込みながら顔を押さえて、両手が真っ赤に染まったことに悲鳴をあげた。取り巻きはなにが起こったかを理解するのに数秒かけ、その後は乱闘になった。僕はハンス以外にだれがそこにいたのかすらよくわかっていなかったが、かかってきたやつのことは片っ端から殴った。蹴った。死ね、と思った。もちろん僕はケンカに強いわけではなく、五対一だったので、ひどくやり返されもした。ただ、僕がなにに怒り狂っているのかだれにもわからない、という点で、僕のほうが優勢だった。

僕は唇の端を切り、シャツを自分の血と返り血とで汚しながら、ハンスに馬乗りになって殴り続けた。やつが頭を抱えながら「ごめんなさい！　ごめんなさい！　ごめんなさい！」と絶叫しているところにようやく教師陣がやってきて取り押さえられた。僕を含めて全員が病院送りとなり、父親はその後三ヶ月、週一回、僕を隣町のカウンセラーのところに連れていった。僕は一言も喋らなかった。それまで比較的無害な生徒として認識されていた僕は、以降は「なにをしでかすかわからないやつ」扱いになった。

スカイには、墓地で話しかけられた。一度だけ。

「あのときは、ありがとう、ウィル」

僕は返事をしなかった。あれはお前にはなんの関係もなかったと、説明することすら億劫だった。その日も母の墓に行き、すべすべした薄灰色の石を見下ろして、こんなことにはなんの意味もない、と結論を出した。それ以来行くことはなくなった。

——ウィルみたいに強かったら、話は別だけど。

「……馬鹿なやつ」

僕はつぶやく。異国の墓地の真ん中に立って、ひとり。こんなことを思い出すなんて、長い間なかった。この島の効果なのか、おなじ墓地だからか、スカイのせいか。手を伸ばしてまたタンポポを抜く。土の匂いがする。

　ここが「死者の楽園」だと知っていたら、自分は来なかったかもしれない、と思った。


　ミセス・ジェニングスが小道に姿を見せたのは、小一時間ほど経った頃だった。僕は真面目に雑草を抜いていた。過去の感傷に浸るより、やるべき仕事を片付けるほうがずっといいからだ。三千ドル分の労働。スカイの代わり。

　未亡人は、グレイの言ったとおりチャペルに向かっているようだった。僕はしばらく彼女を眺め、少し考えてから両手の土を払った。腰が痛い。小道の手前で目覚まし時計を確かめると、十二時まではあと十分だった。未亡人が僕に気づいて首をかしげる。

「荷物をお持ちしましょうか」

「まあ、ウィル」彼女は上品に微笑んだ。荷物を持たれ慣れている人間の笑顔だ。「どうもありがとう」

　カバンは、見た目ほど重くはなかった。花束もランチボックスの中身もなくなっているのだ。僕は自分が、母の墓前でランチする姿を思い浮かべた。なるほど、と思う。ぼんやり眺めるだけよりはずっといい。なにかやることを持ち込む、という発想がなかった。

「あなた、いくつ」

「十六です」

「あら」相手は目を見開く。「いつもの子たちと変わらないのね」

「そう見えませんか？」

「もっと大人かと思ったの。大学生とか」

「体形ですかね」

学校では平均程度だが、ここに送り込まれる人材としては背が高いせいかもしれない。

「そう。それに、よく喋るわ」

僕は思わず振り返った。「悪い意味じゃなくてね」と彼女が笑う。

「騒々しいっていうんじゃなくて、ほかの子は、もっとシャイだったの。私とは目も合わせられないような。あなたは、なんていうか、物怖じしないでしょう。いいことよ」

未亡人の少し前を歩いていた僕は、ペースを落として隣に並んだ。相手が不思議そうな顔になる。

「何年もここに来てるんですか」

「ええ、今年で九年目」

「どうしてご主人のお墓として、ここを選んだんですか。あの、差し支えなければ」

僕はチャペルの扉を開けて彼女を通した。小道にグレイの姿はない。――もし目撃されていたとしても、荷物を運んでいたのだと言えば嘘ではない。

　ミセス・ジェニングスは慣れた様子でイスに腰をおろし、「そうねえ」とのんびりした声を出した。僕は彼女の傍らにカバンを置く。チャペルの中は相変わらずひっそりとしているが、姿勢よく座る彼女が真ん中にいると、そこは大屋敷の一室のようにも見えた。

「いろんな理由があったの。交通事故だったから突然のことでね、私、夫と死んだ後の話なんて全然してなかったから、なにも決まってなかったのよ。海が好きな人だったから海の見えるところがいいわって漠然と思ってたんだけど、それだとうちから車で四、五時間かかるところしかなくて。私、運転嫌いだし、子どももいないから、ひとりでそこまで通うことを考えたらあまり気が進まなくてね。迷ってたときにちょうど、トミーがここの話をしてくれて。トミーって、うちに出入りしていた庭師の子なんだけど」

「庭師……」僕はつぶやく。

「そうそう。彼がロヴェルさんを紹介してくれて」

「ロヴェルさん？」

「知ってる？」

「ここに来るときにお会いしました」

「初めて見たとき、なんて綺麗な男の人なんでしょうって思ったわ。それに、もちろん、この島もね。お墓しかないなんてロマンティックじゃない？　とにかく静かなんです、って彼は言った。世界の終わりみたいに静かで、自分も眠りにつくとしたら、あんな場所がいいって」

も聴こえて、この世界で生きているのは自分たちだけなんだって気になって――。

「あの人の声を聞いていると、天国の話でもされているような気になったわ。それで、そう、そこにしますって。中途半端に遠いくらいなら、うんと遠くにして、旅行気分で通うのも悪くないわねって」

「あの人は……、ロヴェルさんは、いつここで働いたんでしょうね」

未亡人は少しの間考えた。

「どうかしら。たしか、私と初めて会ったときに、数年前って言っていた気がするけど。いまからだと十年ちょっと前ってことになるかしらね？　彼にはとても感謝してるの。私、もうおばあちゃんだから、ここに来るのは一大イベントなのよ。何週間も前から準備をして、飛行機に乗って、列車にフェリーに乗り継いで、セブさんのボートに乗って……。それであの人の前に立つと、ほら、今年も頑張って来ましたよって、誇らしい気持ちになるの。ここに来る前と後の何ヶ月かはとても幸せでね。あなた、また会うことがあったら、よろしく伝えておいてちょうだい」

柔らかな微笑を浮かべたミセス・ジェニングスを見下ろして、「わかりました」と僕は笑みを返した。――この島は。なにも知らなければ、そういうふうに映るのだ、と思いつつ。

「失礼します」

「そうだ、ウィル」

　踵を返しかけたところで足を止める。未亡人は首をかしげた。

「もしアーヴィンさんに会えるなら、お願いしたいわ。まだ調子が悪いのなら無理にとは言えないけど。グレイに伝えてくれる？」

　僕は短く息を止めてからもう一度、「わかりました」と答えた。チャペルを出てから、彼女の言ったことの意味を考える。

　片手に持った目覚まし時計が鳴り出す前に、僕は小道を駆け出していた。


「ミセス・ジェニングスが、アーヴィンさんに会いたいそうです」

　僕が家に戻ったとき、グレイは座って煙草を吸っていた。ランチ後のコーヒータイムといったところか。テーブルの上には朝の残りのフルーツと、僕の分のパスタがある。もちろんインスタントだ。

　彼は表情を変えなかった。

　少なくとも、僕にはなにも読み取れなかった。どんな反応をするだろうと、一瞬も視線を外さなかったのに。相手はむしろゆったりとした動作で煙草を灰皿に押しつけ、煙を吐きながら立ち上がった。

「彼女と話したのか？」

「チャペルまで荷物を運んだんです。そのときに」

「そうか。わかった」

「だれですか？」

「なに？」

「アーヴィンさんって」

「もういない」

「死んだってことですか？」

　言ってから、あまりに不躾な物言いだった気がして、口を閉じた。グレイがこちらを見下ろす。瞳にはなんの感情も窺えない。それでも僕は昨日のことを思い出した。船着場に立つこの人に睨まれて、動けなくなったあの感覚を。

「そうだ。どけ。一時には船着場に来いよ」

　ドアを塞いでいた僕は道を空ける。相手はさっさと出ていった。部屋には煙草の香りだけが残る。僕はふらふらとイスに座って、まずは大人しく食事を済ませた。肉体労働の後でお腹が減っていたのだ。あっという間に平らげて、シンクに残っていたグレイの食器もいっしょに洗い物を済ませて、また座る。

　――アーヴィンとは。

だれだろう。

ロヴェルからも、セブからも、だれからも聞いたことのない名前だ。この島に暮らしていたのか？　いつからいつまで？

時計を見る。十二時二十分。船着場には少し早めに行くとしても、あと二十分くらいは余裕がある。草むしりで汗をかいたからシャワーを浴びてもいい。着替え、洗濯、読書……。いずれにしても、小屋に帰ってゆっくりするべきだ。食事が終わったら、ここにいる必要はない。

「……」

僕の良心は、だいたいいつも、好奇心に負ける。

ちらりと玄関に視線を向ける。グレイも「グラウンド」の草むしりをしているんだろうか。なんの作業をしているにしても、小道が見えるところにいるはずだ。もしくはミセス・ジェニングスと話している。アーヴィンについて……。

僕は席を立ち、奥の廊下に踏み込む。

まさかそんなことはないだろう、と思った。この家にもうひとりだれかいる、なんてことは。たとえ相手が老人かなにかで、体調が悪いにしても、気配くらいは感じるだろう。でも僕は、エミリアの存在にも気づかなかったのだ。

「立ち入り禁止とも言われてないしな」

ひとり言い訳をつぶやいて、リビングよりも少し低くなっている天井の下を歩く。ドアはないものの、廊下にはパーテーションがあって、グレイの部屋は見えないようになっていた。だが、特に動かさずとも出入りできる隙間がある。あまりプライベートを重視しているようには見えない。

深呼吸をひとつして、そっと部屋を覗き込んだ。

僕の小屋とおなじくらいの広さの寝室は、おなじくらい殺風景だった。ベッドはひとつ、その横に本が数冊重なって、ベッドサイドテーブルの代わりになっている。デスクもイスも木でできており、手作りなんじゃないかというくらい簡素だった。クローゼットの扉は半開きになっていて、中はたいして入っていない。あと目につくのは、吸い殻の溢れそうな灰皿に、転がっているビール瓶……。

これで拳銃とドラッグがあれば、映画なんかで見る、犯罪者の潜伏先にそっくりだっただろう。咄嗟に集めて、いつなくなっても困らないものしかないような、全体的に「仮の住まい」という感じがするのだ。ほかのだれかが暮らしている気配がないのはもちろん、娯楽も趣味も、あの男のパーソナルな部分がわかりそうなものはなにもなかった。

こんな投げやりな場所で暮らしている人間がいるのか。

僕は部屋の入り口の壁に寄りかかって、憐れみにちかい感情を抱いた。中に入る気にはなれなかった。少なくとも今日は。

アーヴィンなる人物がここにいて、死んだのなら、それはいつのことだろう。未亡人の口ぶりからして、いつかの時点までは普通に会えたのだ。

――あなた、ずいぶん痩せたんじゃない？

この島に何年も、二人で暮らしていたとして。

その片割れを失うとは、どういうものだろう。

――もういない。

そう返したグレイの低い声。僕はリビングに戻って、ダイニングテーブルの表面を指先で撫でた。食器から流れる水滴がシンクに落ちて、つ、と音がした。

恐ろしく孤独な場所だ、と思った。


船着場には十分以上早く着いたが、セブはすでに待っていた。黄色いボートの上で煙草を吸っている。こんなにしょっちゅうここに来るのに、上陸しないのはなぜなんだろう。グレイと仲が悪いんだろうか。そんなふうにも見えない。

「早いな」

僕の姿に気づいて、彼はかすかに唇の端をあげた。その顔をじっと見つめて僕は言う。

「アーヴィンって、だれですか？」

グレイとちがって、セブの反応はわかりやすかった。

目を見開いて、顔色をなくして。それから探すように、僕の背後に視線を向けた。グレイはいない。まだ「グラウンド」で作業しているのを、来る途中に見かけた。

「知ってるんですね？」

「あいつがあの人の話をしたのか？」

「いいえ。ミセス・ジェニングスが、会いたいと」

「ああ……、そうか……」

セブは煙草を消した。そしてすぐまた新しいのに火をつけた。おそらくは無意識に。眉を寄せて、髪をぐしゃぐしゃにかき乱す。

「だれって、だから、墓守だよ」

「もうひとりいたんですね」

「ああ」

「でも、亡くなった」

相手はびくりとした。

「それもあのばあさんが？」

「いえ、グレイが」

「ああ……、そうだ。寿命がきたから……」掠れた声でそこまで言って、急に顔をしかめる。「っていうか、俺に訊くなよ、そういうことを」

「グレイは話してくれそうにないので」

「なら話すな。お前はただの短期バイトだろ。俺だって——、俺は、ただの配達係だ。生活に必要なものが出たら教えろ。それ以外のことはいい、関わりたくない」

僕は目覚まし時計を差し出した。

「腕時計が欲しいんです。いまはこれを持ち歩いているので」

「ああ、わかった。家になんかあるはずだ」話題がアーヴィンから離れると、セブは露骨にほっとした顔になった。「ほかに欲しいものは？」

「いまのところなにも」

「思いついたら書いとけ。メモだったら、訪問者がいるときでも渡せるだろ」

「あなたに会えるのは、訪問者の送り迎えのときだけなんですか？」

「そんなこともねぇよ。食料届けたり、お前らのゴミ出しに付き合ったり、いろいろあるだろ。その日に命日の人間がいれば、朝に花を届けにくる。だんだんそういう受け取りも任されるようになるぞ」彼は自分の腕時計を確かめた。「今日も、そうだな、五時にまたここに来る。あのばあさんを送るときに港まで行くから、下着も足してやるよ。夕飯もそのときに」

「サンドウィッチ？」

「いや、今日は普通に――」

セブは言いかけて口を閉じた。「妹さんが作るやつ？」僕が言い当てると迷惑そうに眉を寄せる。表情が豊かな人だ。グレイもこれくらいわかりやすければいいのに。

「見なかったことにしろって言っただろ」

「もう見たのに、伏せる必要がありますか？」

「いいから黙っとけ。お前は喋りすぎるんだよ」

「……」

人生で「お喋り」と言われたのは二回で、どちらも今日だ。グレイの「質問が多すぎる」も似たようなものか。僕は一瞬だけ笑った。「あんた、変わってるな」セブがつぶやき、小道のほうから声がしたのに気づいて慌てて煙草を消した。

ミセス・ジェニングスと、彼女のカバンを持った墓守が現れる。

「じゃあね、ウィル。がんばって」

未亡人が微笑み、僕は「ありがとうございます」と応じた。グレイは寡黙な執事のように荷物をセブに渡し、彼女の手を支えてボートに乗せた。セブは墓守の様子を窺うような目をしたが、なにも言葉にすることはなく出発した。

「今度送迎のときにあいつが煙草を吸ってたら、やめさせろ」

ボートが充分に遠ざかってからグレイは言った。

「五時にまた来るそうです」

「飯か？」

「はい」

「お前が受け取れ」

イエス・サー。僕はちいさな声で返し、ゲートに手をかけたグレイが振り返ったので足を止めた。なにか言われると思った。アーヴィンのことか、ミセス・ジェニングスのことか、減らず口を叩くなとかなんとか。

「疲れたか？」

だから、予想外のことを訊かれてぽかんとした。

「は？」

「草むしりは真面目にやったらしいな」

「サボると思ってたんですか？」

彼はかすかに首をかしげた。

「体力がなさそうに見えた。午後もやることはおなじだ。へばるなよ」

そう告げると、いつものペースで歩き出す。急いでいるようには見えないのに、歩幅が広いのか、この人は歩くのが早い。僕は、褒められたのか侮辱されたのかよくわからない気持ちでついていった。


五時ぴったりに船着場に戻ると、ボートはすでに待っていた。

「日焼け止め塗ったか？」

僕を見つけるなりセブは言う。

「塗りました」

「赤くなってんぞ。それに死にそうな面してる」

疲れてるだけです、と僕は返した。セブが立ち上がって、紙袋を渡してくれる。

「なにしたんだ」

「雑草を抜いてました」

「午後はずっと?」

「はい」

「休憩しろって言われただろ」

紙袋はふたつあった。大きいほうにはタッパーウェアがいくつか入っていて、まだ温かい。ガーリックとハーブの香り。くらくらするほど腹が減っている、といまさら気づく。ちいさなほうは軽く、下着が入っているようだった。

「あの人」

「あ?」

「グレイが休憩しないから」

墓守は、森の入り口付近から草むしりを始めた。機械のようなペースで動き続け、一時間ほどしたところでこちらに来て、「休め」とはたしかに言った。首にかけたタオルで汗を拭いながら、たいして疲れた様子もなく。

——ろくに働いたこともないんだろ。適当に休めよ。

彼が家のほうに向かったので休憩するのかと思っていたら、脚立を持って戻ってきた。

「壁」の区画に行き、壁龕をひとつひとつ拭き出したのだ。家の前で煙草を吸っているのと、ビールを飲んでいるところは目撃したが、あれを休憩にカウントするとしても四時間のうちで十五分くらいだっただろう。

「張り合おうっていうのか？　馬鹿じゃねえの。あいつはワーカホリックなんだよ。付き合ってたら死ぬぞ」

「あの人って、趣味とかないんですか？」

「ねえよ」

「アーヴィンさんにもなかった？」

「――」セブは顔をしかめた。「そういうのはやめろって」

つまらない、と思った。僕はでかいほうの紙袋を軽く持ち上げる。

「妹さんに料理のお礼を伝えてください」

「お前な――っ」

彼は一瞬声を荒らげかけた。そして呑み込んだ。舌打ちしてボートに座り直すと、煙草をくわえて火をつける。

「お前がどういう事情でスカイの代理になったのかはよく知らねぇけど、とにかくここで働くなら、そういう余計な首は突っ込むな。グレイの言うとおりにしてれば問題は起こらない。いいか、反抗するとろくなことにならないからな」

「カラスにお仕置きされるんですよね」

セブの顔から表情が消えた。彼はまた視線でグレイを探した。……いないのに。オールを握った手は震えているようだった。少しだけ――、ほんの少しだけ、悪いことをした気に僕はなる。

「いい加減にしろよ」

彼は低い声で言い捨て、顔を逸らして漕ぎ去った。


にんじんのサラダにローストチキン、日持ちしそうな惣菜がいくつか。そこにグレイが温めたパンを加えると、立派な食卓ができあがった。さっきのはセブの反応を見たかっただけだが、エミリアに礼を言いたいのは本当だった。いまのところ、ここで「楽園」の名にふさわしいのは、彼女の料理くらいだ。生者にとっては。

だけど、いざ食べようとしたところで電話が鳴った。

グレイが立ち上がる。この家の電話は彼しか取らないし、相手はセブしかいない。クルス家にのみ繋がるようにできているとしても驚かない。

「――ああ、俺が話した。――そんなわけないだろ。こいつが夜中まで起きてたせいで、すでに一回やらかしたんだよ」

片手に持ったビール瓶に口をつけながら、グレイがちらりとこっちを見る。セブがなにを言っているのかまでは聞こえないが、怒鳴っているのはわかった。僕はひとまず食事には手をつけずに大人しく待った。グレイは相変わらず表情の変化に乏しい。だからなにを考えているのかはわからない。

「あ？　――わかった、伝えとく。ああ……、じゃあな」

　電話を切って、鬱陶しそうに髪をかきあげる。髪をほどくだけで、昼間とは別人のように荒んで見えた。

「あまりセブをからかうなよ」

　向かいに座り直して彼は息を吐いた。

「別にからかったわけでは」

「あいつは顔に出るからな」

　あなたとちがって、と僕はほとんど言いかけた。

　それだけだった。お互い皿に食事を盛って、無言で食べた。自分の分を片付けるのに、グレイは十分もかけなかった。食器をひとまとめにすると足を組み、煙草に火をつける。僕は相手をじっと見つめた。

「なんだよ」

「残りは？」

　彼は無言で、テーブルの真ん中にあったタッパーを僕のほうに寄せた。僕は嬉々として中にあったチキンをかっさらう。「見かけによらずよく食うな」相手は鼻で笑った。あれだけ働かされればな、と僕は思う。グレイのほうが体格のわりに少食なのだ。おまけに早食いで、飲むか喫うかのほうがずっと多い。早死にしそうな生活習慣だ。セブもそうだった。

空気が変わったのは、僕が食事を終え、グレイが三本目のビールを開けたときだった。たぶん、彼がさっさと奥の部屋に戻らなかった時点で警戒するべきだったんだろう。グレイはやけにゆっくりと瓶をテーブルに置いた。食器を片付けようとしていた僕は視線に気づいて彼を見た。琥珀色の瞳。自分が緊張したのを感じた。

「なに訊いたんだ」

「なんですか?」

「セブに、なにを訊いたんだ」

「セブさんに言われなかったんですか」

僕は返す。静かだ、と思った。こんなふうに喋っているときでさえ、この家は静かだ。口にした端から、言葉が床に落ちて転がっていくようだった。まばたきすると、昼間に覗き込んだ墓守の寝室が脳裏に浮かんだ。空っぽ、という言葉がよく似合う。僕は後悔し始める——。なにを? あの未亡人に話しかけたことを? その後の自分の言動を? わからない。わからないけど、自分がなにかをしくじって、その結果がこれなのだ、というのはわかる。

——ここで働くなら、そういう余計な首は突っ込むな——。

「なにが知りたい」

「え？」

「アーヴィンについて訊きたいんだろ。答えてやるよ。言ってみろ」

は、と煙草の煙を吐き出しながらも、グレイは僕から目を逸らさない。僕も逸らせない。質問するのはこちらなのに、僕は自分が、なにかに答えさせられている気になった。

「だれなんですか」

「俺の先輩だ」

彼は間髪を容れずに答える。落ち着いた声だった。

「ここに住んでいた？」

「ああ」

「でも、もういない」

「見てのとおり」

「ここで亡くなったんですか？」

「そうだ。俺が埋めた」グレイは一瞬だけ唇の端を歪めた。「楽しいだろ、ウィル、会ったこともない、すでに死んだ人間のことを知るのは。――俺の番だ」

ビールで唇を湿らせて、彼はやや首をかしげた。僕は短く息を吸う。あまりいい予感のしない展開だ。席を立ちたかった。もういいです、そう言って小屋に帰りたかった。だが、彼の強い視線が、僕をイスに押し留める。

「お前の母親は、死んでるんだろ」

頭に血がのぼったのが、はっきりとわかった。

「……それが？」

「どんな人だった？」

「それは……、関係がない」

グレイはこれ以上なく冷静に僕を見ている。わかってる、わかってるだろ、俺はいま、お前とおなじことをやってるんだ。

十秒ほどの沈黙の後、彼は口を開いた。

「リアムはいま、ジョニーの回収に向かってる」

「……回収？」

「お前の町で死んだんだろ。ここで働いたことのあるやつは、ここに眠る権利がある。こんなに早く戻ってくるとは思わなかったがな。つまりリアムは、お前のホームタウンに行くわけだ。もう着いてるかもしれない」

リアム・ロヴェルがあの町にいるところを、僕はうまく想像できなかった。

喪服を着た死神。あの人が、あのちっぽけな町で、教会に行って……。

「ついでにお前の家に寄らせてもいい」

「なにを……」

「俺が命令すれば、あいつはなんでもやる。父親に挨拶させるか？　親はひとりか、再婚でもしてんのか。だからそんなに反抗的なのか？　大人の男はぜんぶ敵だとでも思ってんだろ、阿呆らしい」

「――っつ」

イスが倒れて派手な音を立てた。

自分がグレイに殴りかかったことに気づいたのは、相手とほとんど額がぶつかるほどに近づいてからだった。彼の右手が、こちらの右手首をぐっと握っている。痛いほどに強く。左手で胸ぐらを摑まれて、頭突きされるのかと思ったが、寸前で止まった。ここまできてもなにも読み取らせない瞳。黒色の瞳孔。呑み込まれる。

グレイは突き飛ばすようにして両手を離した。僕は床に尻餅をつく。

「今夜で質問は終わりだ。二度と訊くな。セブを探るのもよせ、小賢しいんだよ。昼間みたいに黙って働いてりゃお互い平和に終わるんだ」

彼は吸いかけだった煙草に戻った。僕は相手がいつそれを灰皿に置いたのかすらも知らなかった。――馬鹿みたいだ。のろのろと立ち上がる。イスを起こしたところで、「今日はもう帰って寝ろ」と言われた。

「そこの袋を忘れんなよ。着替えの足しとマルコの時計が入ってるらしい。お前がうるさくするから、言い忘れたんだと」

僕は船着場で渡された、ちいさなほうの紙袋に手を伸ばした。「いっそ……」持ち上げながらつぶやく。

「あ？」

いっそ、殴ってくれたほうがすっきりしたのに。

グレイが怪訝な顔になる。僕は首を横に振った。

「なんでもありません。失礼します」

裏口から外に出る。小屋に入って、ベッドにうつ伏せに倒れ込んだ。叫び出したいような衝動に一瞬駆られたが、それは死者の眠りを妨げる行為だろうか、と思うと笑えた。寝返りを打ち、放り出した紙袋に手を伸ばす。

底に入っていたのは懐中時計だった。年代物のようだ。銀色で、やたら凝った造りの蓋がついており、開けると文字盤のガラスの中に金色と銀色のちいさな歯車たちが見えた。チッチチッチチッチッ……、という音を立てていまは動いているものの、どうやら手巻き式だ。僕は息をつく。どうしてこの島では、すべてのものがこう旧式で、不便で時代錯誤で、どこか物悲しいんだろう。

時計を右手で握りしめ、その拳を自分の胸元に落とした。

いっそ殴ってくれたほうがよかった。怒鳴りつけるか、もっと感情的になってくれたほうが、ずっとよかった。

目をつぶる。

グレイがもっと嫌なやつだったらよかったのに、と思った。

物音がして目を開けた。

ぱっと身体を起こす。右手にはまだ懐中時計を握っていた。夜の七時過ぎだ。夕食から戻ってきて、そのまま眠り込んでしまったらしい。疲れていたのだ。腰がばきばきで、両腕にも違和感があり、肌は日焼けのせいでひりひりしていた。右手首にはうっすらと手形までついている。僕はなにがあったのか思い出して舌打ちした。馬鹿力め。

部屋の明かりはついていないが、まだ暗くはない。長い、長い一日だ。魚の死骸を踏みつけてからまだ半日しか経っていない。シャワーを浴びようと汚れたシャツを脱いだとき、こつ、こつ、というかすかな音がまた聞こえた。

また？

そう、さっきもこの音が聞こえた。それで起きたのだ。いまわかった。

小屋の入り口を見たが、そちらから聞こえたのではないと知っていた。グレイがこんな控えめなノックをするとも思えない。こつ、こつ、こつ……。振り返る。バスルームの方角だ。僕はゆっくりと近づいた。半ば無意識に息を潜めて。グレイのはずがない。でも、この島には、ほかにだれもいない。

本当に？

セブが上陸することは、絶対にないんだろうか。いや、万一来るにしても、バスルームから訪ねてくるのは不自然だろう。ほかに思い当たった可能性は、アーヴィンか、カラスだった。どちらも突飛すぎて笑えた。嘘だ。笑えなかった。

――墓地だからゴースト・ストーリーってか？　阿呆らしい。幽霊なんざいない。ここにいるのはカラスだけだ。

母はクリスチャンだった。子どもの頃、僕がなにかを怖がると、彼女は僕を抱きしめて「大丈夫」と宥めた。「大丈夫よ、ウィル、神様が守ってくださるからね」。当然のことながら、彼女が死んでから、僕は神なんてものをあてにしなくなった。なにかを怖がることもなくなった。苛立つことはあるにしても。

バスルームの入り口に立つ。洗面台とシャワーの間、僕の頭頂部ほどの高さにある四角い窓に木の枝が映っていた。風で当たっているのではない。地面の方向から垂直に伸びているということは、何者かが窓の下にいて、枝で窓を叩いているんだろう。

こちらの足音でも聞きつけたのか、枝がびくりと動いた。ように見えた。少ししてからまた、こつ、こつ、と窓が叩かれた。幽霊にしては律儀なリズムだ。僕はそっと窓に近づき、唐突に、勢いよく、窓を開けた。外開きの窓は思い切り枝にぶつかり、だれかの手の中にあったそれを跳ね飛ばした。「あっ」とちいさな悲鳴が聞こえる。

「……」

僕は固まった。想定外の声だった。呆気に取られてからジャンプして、出窓になっているところに乗っかるようにして頭だけを外に出す。

「――エミリア」

　かくれんぼで見つかった子どもみたいに身をすくませて、彼女は窓の下に立っていた。

「ここでなにを――」

　言いかけた途端に「しっ」と真剣な顔で人差し指を立てられ、僕は口をつぐんだ。彼女はしばらく周囲の様子を窺ったが、なにも起こらなかった。さっきの悲鳴は、グレイが家の中にいれば、聞こえなかっただろうと思う。

　キツい体勢だったので、僕は一度バスルームにおりて、またジャンプして外に身を乗り出した。こちらを見上げたエミリアの顔が赤くなる。

「どうして裸なの？」

「裸じゃない」僕は付き合って、一応小声で返した。「シャツを着てないだけだ。シャワーを浴びるところだった」

「なにか着てくれる？」

　僕は部屋に戻って脱ぎ捨てたばかりのシャツを着た。よくわからない。どうして言うことを聞いたのか、どうしてセブの妹がひとりでここに来て、グレイに隠れて僕の小屋の窓を叩いていたのか。自分はどうするべきなのか。

バスルームに戻る。開けたままの窓から蛾が一匹入ってきていた。迷ったものの、ほかに取るべき行動も思い浮かばず、とん、と跳び上がる。エミリアは待っていた。まっすぐにこちらを見上げて、「中に入れて」と言う。

「……知らないかもしれないけど、この小屋には、ドアというものがあってね」

「もちろん知ってるわ」相手は小声のままで語気を強めた。彼女の英語は、セブよりも訛りがないように聞こえた。「でも、そっち側に回ったらグレイに見つかるかもしれない」

「見つかったら困るの」

訊くまでもないことだった。「ここから入れるの？」と続けると、彼女は力強く頷く。

「手を貸して。話があるの、ウィリアム・チェスター」

僕は目眩を覚えた気がして、またバスルームに着地した。部屋を振り返り、そこにだれもいないことを確かめる。当たり前だ。いるはずがない。それから目の前を見る。この壁の向こうに、女の子がひとり立っている。いったい何事だ、ウィリアム？　アーヴィンの亡霊が現れるより、カラスに襲われるよりも、非現実的な展開に思えた。

「ウィル……？」

不安げな声がした。僕は部屋からイスを持ってきて窓の下に設置し、上に立って外を見下ろした。エミリアは真面目な顔で、「絶対に、うるさくしてはだめよ」と命じてくる。

僕は「努力する」と返した。ほぼ初対面の人間にこんな依頼をして、受けてもらえることを疑わない無邪気さに驚嘆しつつ。

彼女が両手をこちらに伸ばす。

手首を摑んで、その細さにぎょっとした。身体が弱いとセブが言ってたっけ――。相手に窓枠を摑ませてから脇の下あたりを支え、僕はゆっくりと引き上げていった。二人で窓枠にハマらないように、自身は少しずつ後退していく。「もう大丈夫」と言われたところで手を離した。

だが、あまり大丈夫には見えなかった。

彼女は出窓に乗り上げたところで止まった。肩から先をバスルーム側に突っ込んだ格好で、半ば驚いた表情でこちらを見る。イスには手が届かず、ほかに摑まるところもなく、この体勢ではこのまま上半身から床に落下するしかないと、初めて気づいたようだった。

僕は息をつく。

「持ち上げていい？」

こちらの提案に、彼女は世にも情けない顔をした。僕はまた無意味に部屋を振り返る。なにもない。なにがあってほしいんだ。

「それとも帰る？」

「早くして。時間がないの」

「なんの？」

唇を引き結んだ彼女に睨まれて、僕は再びイスに乗っかった。手を伸ばし、エミリアの腕をこちらの肩に回させる。相手はかすかに震えているようだった。なにか甘い香りがした。僕は息を止め、どこからやり直せば、こうならずに済んだだろうと考えた。ノックを無視すればよかった？　夕方シャワーを浴びておけばよかった？　グレイに報せにいくべきだった？　お前はいま、なにをやっているんだ、ウィリアム？

エミリアは軽かった。僕はちいさな子どもを抱き上げるみたいにして彼女を窓から引っ張り出し、床におろした。顔を真っ赤にした彼女は僕から飛び退る勢いで離れ、壁に背をくっつけて俯いた。僕は迷いながらも窓を閉める。

波の音と虫の鳴き声が遠くなる。

エミリア・クルス。白いブラウスに、くすんだ青色の麻のスカートを穿いている。いや、どうやらズボンだ。両裾が濡れている。サンダルを履いていて、両足も濡れている。色がとても白い。

僕は彼女から目を逸らしてイスを片付けた。彼女が帰るときにまた必要になるかもしれないとは思ったものの、とにかくバスルームから出たかったのだ。セブがいるくせに、男の半裸にも、抱き上げられることにもまるで免疫のないらしい彼女は、一分ちかくかけて一連のダメージから回復した。僕はその間イスに座って床を眺めて、いまどうにかして煙草が手に入ったら、自分は間違いなく喫煙者になるだろう、と想像して過ごした。寿命が半分になろうとかまわないから、なにか間を持たせる小道具が欲しい。

「……ウィル。突然訪ねて、ごめんなさい」

ようやくバスルームから出てきて彼女は言った。僕は顔をあげる。

「私はエミリア。セブの妹」

「知ってる」

「話があるの」

「うん」

「お願いが、あるの」

うん、と僕は繰り返した。少しずつ近づいてきて、彼女はいまや、目の前に立っていた。触れなくとも細かく震えているのがわかった。声も掠れている。ひどく緊張しているのが、空気で伝わってきた。開いた口を、一度閉じる。彼女は目をつむり、覚悟を決めたように開け、床に両膝をついた。

「助けてほしいの」

僕は彼女の焦げ茶色の瞳を見下ろして、ちいさく頷いた。なにをどこからやり直したところで、いまこの瞬間を回避することなんて、だれにもできないような気がした。


イスはエミリアに譲り、僕はベッドに移動した。七時半。彼女が話し出すまでにはまだ時間がかかりそうだった。お茶を出すわけにもいかないので、黙って待つしかない。窓に視線を向ける。

「明かりをつけようか」

天井の豆電球とデスクのランプしかないが、これから少しずつ暗くなるのだ。ないよりはマシに思えた。だけど、彼女は「だめ」と即座に応じた。

「グレイに気づかれたらだめ」

立ち上がりかけていた僕は腰をおろす。あの人だって別にこの小屋を張っているわけではないよ、と言いたかったが、エミリアはとにかく、グレイに知られるのを恐れているようだった。彼女はそっとイスを動かし、僕と膝を突き合わせる距離まで詰めて、こちらを見上げた。口を開く。そしてまた、閉じる。

「どうやって来たの？」

沈黙にうんざりして、僕から訊いた。

「……おじいさまと」

あの人もボートを漕げるのか。足を患っているようだったが、上半身さえ健康なら問題ないんだろうか。

「船着場から？」

「ううん。あそこだと、小道を通らなくちゃいけないでしょう。島をぐるっと回って、この隣の貯水槽、あそこの裏からあがったの。おじいさまは、いまも海で待ってるわ」

「セブさんは？」

「酒場よ」彼女は一瞬だけ目を伏せる。「だから来たの。このことがバレないように」

グレイだけではなく、セブにも秘密なのだ。

「このことって？」

さらに数秒かけてから、エミリアはやっと決心したようだった。

「私たちがアーヴィンを捜すのを、手伝ってほしいの」

「……」

僕はまばたきした。自分の右手首に視線を落とし、そこにまだうっすらと跡が残っていることを確かめる。

「亡くなった、グレイの先輩を？」

「そう。いえ、そうじゃなくて――。アーヴィンは、まだ生きてるはずよ」

「生きてる？　どこで？」

「わからないから捜すの。でも、グレイがそう簡単に、あの人が死ぬのを許すはずがないのはたしかよ。きっとどうにかして、カラスから隠してるんだと思うの」

「待ってくれ」

僕は額に手を当てる。

――楽しいだろ、ウィル、会ったこともない、すでに死んだ人間のことを知るのは。

グレイはたしかにそう言った。あの人は冷静だった。残酷なほど的確に、僕に思い知らせたのだ。お前が土足で踏み込んだ場所のこと。

「アーヴィンは、グレイにとって大切な人？」

相手がこくりと頷く。

「もう死んだって、グレイが……」

「あなたは、カラスのことを知ってるのよね？　兄がそう言ってたの」

「死者を守ってるって話？」

「そう」

「ああ。でも、それとアーヴィンになんの関係がある？」

エミリアは一度、大きく息を吸って、吐いた。

「この島は、死者のためにある。カラスが守ってる。死者を訪ねる者たちだけが来ることを許される。でも墓守は必要だから、いつもは二人で仕事をしてたの。夏だけもうひとり、男の子を雇ってね。アーヴィンは、グレイよりずっと前からここにいて……」

声が震えたのを隠すように、彼女は俯いた。両手は膝の上で、祈るように組まれている。

僕はただじっと彼女を見つめた。

「カラスはやっと、彼を死者として迎える気になった。でもグレイは、アーヴィンを失いたくないから、彼をカラスから隠してしまった。グレイにとっては、父親代わりだったの。だから彼は……」

「意味がわからない」僕は遮った。「死者として迎えるって、なに？　それじゃあまるでカラスがその人を――」

エミリアがびくりとして、僕も言葉を切った。

——忘れたのか？　やつらはお前だって殺しかけたんだぞ。

「ぜんぶはわかってくれなくていいの。あなたは……、この島のことは、あなたにはたぶん、理解できない」

「カラスが人を殺すっていうのか？」

僕の声が大きくなったのに反応して、エミリアの手がぱっと伸びてきた。冷たい指先が唇に触れる。僕はわずかに顎を引いた。手はすぐに離れる。

「ぜんぶは話せないの、ごめんなさい。この島の事情はとてもややこしくて、信じてもらえるとも思えないし、知らないほうがいいと思うから……。とにかく私はアーヴィンと話がしたい。どうしたいのか、直接訊きたいの、どうしても。だから捜すのだけ、手伝ってほしいの」

「グレイやお兄さんには隠れて？」

彼女は顔を曇らせたが、「決めたもの」と囁いた。

「あの人たちは、このままでは壊れてしまう。この島でカラスを出し抜くって、大変なことよ。グレイはそれをひとりでやってる。もちろん、墓守としての仕事もすべてこなして。どんどん痩せていってるんでしょう？　私はもう長いこと会ってないけど、兄の口ぶりでわかるわ。それに兄も——。うちも、いろいろあって。兄は酒場に入り浸るようになってしまった。お酒の量も煙草も増えて、賭け事に夢中になって、ほかのことはなにも考えなくなって——。だから私は……、私たちは」

「君の両親はどうしたの？」

エミリアが目を見開き、僕は自分がまた、他人の領域を土足で踏み抜いたことを自覚した。もともと潤んでいた瞳に、あっという間に涙が溢れる。彼女は口元を押さえ、「お願いだから」と掠れた声を出した。

「お願いだから、あの人たちのことは言わないで」

「ごめん」

「私はまだ愛してるの、ふたりのこと。パパはただ、ママが大切だったからあんな——、私は——……」

「ごめん」僕は繰り返す。「話さなくていい。泣かせるつもりはなかった」

俯いた相手に手を伸ばす。涙を拭っても振り払われることはなかった。泣いている人間を見ると苛々する。そうじゃなかったのか。エミリアの頬は冷たく、涙は熱かった。指先にそれを感じた。彼女は声を押し殺し、ぎゅうっと全身で堪えるようにして、すぐに泣き止む。僕の手を両手で包むと、そっと押し返した。

「——大丈夫。ごめんなさい。私が伝えにきたのは、私たちにはあなたの助けが必要だってこと。リアムも、あなたなら大丈夫だろうって言ってた。協力してくれたらきっとお礼もするわ」

「ロヴェルさんも関わってるの？」

エミリアは目をしばたいた。

「もちろん。みんなで……、リアムとおじいさまと私とで、ずっとチャンスを窺ってたの。このままじゃいけないって。そこにあなたがやって来て、いつもとちがう感じがするって、彼らはすぐに気づいた。もちろん、あなたがスカイじゃないとは知らなかったけど。でも、兄からあなたの話を聞いて、たしかにあなたなら大丈夫かもしれないって、私も思ったの。グレイに逆らう人なんて、いままでいなかったから」

期待の込もった口調に、居心地の悪さを覚えた。そんな大げさな話ではない。さっきのグレイの指摘のほうがずっと真実にちかいと、自分でわかっている。

——だからそんなに反抗的なのか？　大人の男はぜんぶ敵だとでも思ってんだろ、阿呆らしい。

ただ、男とは限らない。大人はすべて。あるいは、大人だけですらなくて、周りにいる人間みんなが対象なのかもしれない。ずっとそんなふうな気がする。

僕は自分の右手首を、左手で握った。

「具体的に、なにをしてほしいの？」

エミリアの茶色の瞳が、まっすぐに僕を見る。

「とりあえず、犬を預かってほしいの」

「犬……？」

「そう、兄に頼んで。理由は自分で考えてね、寂しいからとか、なんでもいいから。そうしたらルポをやるわ。昨日見たでしょう、黒い大きな子」

僕は昨日の船着場での光景を思い返す。吠えていた、ということしか覚えていない。

「動物を飼ったことはないんだ」

「大丈夫、手のかからない賢い子だから。食事だけ用意してくれたら、ほかになにもしなくても平気よ。鼻がいいからアーヴィンを捜すときに必要なの。次に私が来たとき、あなたに報せることもできる」

「また来るってこと？」

彼女は頷いた。

「今日はそろそろ帰らなくちゃ。あまり遅くなるとおじいさまが心配だもの。今日のことをリアムに報告して、打ち合わせをしてからまた来る」

外はまだ暗くはないが、気温は落ちてきているだろう。僕らが話している間ずっと、あの老人が海に浮かんでいると考えると、たしかに寒々しかった。

「わかった」

エミリアが立ち上がって、深く息を吐く。

「大丈夫、グレイは鋭いけど、私がこんなふうに動くなんて夢にも思ってないわ。兄だってそう。きっとうまくいく」

僕にというよりも、自分に言い聞かせるような口調だった。

「ルポのこと、よろしくね。ほかにはなにもしないで、いつもどおりにして。なるべく早くにまた戻ってくるから」

だが、僕がイスをバスルームに運ぶと、彼女はまた勢いをなくした。ここから出るには、入ったときと似たようなプロセスを踏まなければいけないことに思い至ったらしい。

「迷惑をかけてごめんなさい」

挙動不審気味になって彼女は言う。僕はイスに立ち、窓を開けて外を覗いた。貯水槽の向こうなんて、茂みになっていてなにも見えない。

「出るときのほうが大変だと思うよ」

僕は彼女を振り返った。

「え？」

「足から出なくちゃいけないから」

「ええ……」

彼女の顔が赤くなる。僕はちいさく笑った。手を伸ばすと、おずおずと取られる。イスの上に二人で立って、彼女の身体を支えて、どうにか窓枠に乗せる。

「――足を外に出して」

「こう？」

「そう。僕の肩に掴まっていいから、そのまま足を伸ばすんだ。ゆっくりと、勢い余って落ちないように……」

エミリアは運動神経がよくないようだった。恥じらいもあったのかもしれないが、途中からそんなことも言っていられなくなり、ずいぶん奮闘した末に脱出に成功した。窓から彼女を見下ろす。エミリアの微笑みはぎこちなく、悲しげなものに僕の瞳には映った。

「おやすみ、ウィル」

ありがとう。

声はちいさくて、ほとんど息遣いしか聞こえない。

僕は頷いただけだった。彼女は数歩後退り、踵を返した。後ろ姿はすぐ茂みの奥に見えなくなったが、耳を澄ませば、かさ、かさ、という音が波の合間に混ざった。僕はそれが聞こえなくなるまで、じっとそこに立っていた。

4．犬の体温

翌朝、冷蔵庫からサラダを取り出しながら、エミリアに料理の礼を伝えればよかったな、と僕は思った。

グレイはパンを温めている。裏口を開けっ放しにしてコンロを使う彼の姿にも見慣れてきた。結んでいない髪に隠れていて表情はよく見えないものの、煙草をくわえているのはわかる。特に変わった様子はない。昨夜僕が殴りかかったことも、彼がそれを阻止したことも、この人にとってはたいした出来事ではないんだろう。

僕はマグカップにインスタントコーヒーの粉を入れてコンロに近づいた。グレイがうるさそうな顔をちらりと向ける。まだ話しかけてもいないのに。でもこれも、普段と変わらない反応だ。この人はエミリアの訪問に気づいていない、と僕は確信する。小屋のドアを開けるときも緊張したが、玄関先にはなにもなかった。カラスの警告を受けることでもなかったらしい。

「犬が欲しいんですけど」

やかんのお湯をカップに注ぎながら、僕は言った。

「犬？」

「猫でもいいです。でも、犬のほうがいいな」

「なんのために？」

「セブさんから、あそこの犬を話し相手として連れてくる人もいるって聞きましたけど」

「それはいるがな」グレイは僕の足元から頭までさっと視線を走らせた。「お前、犬が好きなのか？」

僕は笑いそうになって一度堪えた。だが、「なにが可笑しい」と突っ込まれるともうだめだった。

「座ってろ」鬱陶しそうに彼は言う。「お前の笑いの引き金はわけがわからん」

「別に好きではないです」僕は笑いながら認める。

「じゃあいらないだろ。お前が話しかけるとも思えない」

「試してみたいんですよ。ほかにやることもないし」

グレイは指に挟んだ煙草をこちらに向けて、「座れ」とそれこそ犬にするように命じた。僕はひとまず従った。コーヒーを飲みながら、この人の父親代わりというのは、いったいどういう人物だろうと想像する。先輩の墓守。おなじように無口だろうか。怖い？　優しい？　こんなふうにいっしょに朝食を摂っていたんだろうか。

イメージが湧かない。グレイは、生まれたときからひとりで暮らしてきた、そんなふうに見える。

「本気で言ってるのか？」

　フライパンを持ってきたグレイが、それぞれの皿にトーストとベーコンを盛る。「はい」と僕は答える。空っぽになったフライパンは、流しに放り込まれるとじゅっと音を立てた。彼は煙草を消してイスに座る。

「動物の面倒をみたことは？」

「金魚くらいなら」

　相手は呆れた顔になった。

「そんなに大変なんですか？」

「いや、クルスのところのなら、ほとんど手はかからないが……。でも、いいか、あいつらにとっては家族だぞ」

「僕のことをサイコパスかなにかだと思ってるんですか？　生き物を預かったら世話はしますよ」

「そうじゃない。いや、お前のことはよく知らんがな、俺が言ってるのはカラスのことだ。普通にしていれば、犬に手を出すことはない。でも、お前がまたなにかやらかしたとき、犬がいっしょにいたら、攻撃の対象にならないとも限らない」

　それはたしかに、考えていなかった。

「僕がまたなにかやると思ってるんですね」

　相手は迷惑そうな顔をしてトーストを齧った。僕はフォークに手を伸ばす。……別になにもするつもりはない、けど。いまいち自信はなかった。エミリアはリスクを承知の上で頼んだんだろうか。そもそもアーヴィンの捜索自体に、カラスはどう反応するのか。彼女の話からすれば、彼を隠しているグレイのほうが、カラスに逆らっていることになるようだったけど。

いつから僕は、カラスの思考回路について真剣に考えるようになったのだろう。

「お前が本気なら、あとでセブに電話しておく」

早々に食事を終えてグレイが言う。

「お願いします」

「言っておくが、俺はなにもしないからな」彼は煙草をくわえた。「今日は訪問者がいないから、ちょうどいいと言えばちょうどいいが」

「だれも来ない日もあるんですか」

「昨日予定を渡されたか?」

渡されなかった。グレイが食器をシンクに運ぶ。「じゃあ、今日はなにを?」その背中に僕は訊いた。

「午前中は『グラウンド』をやれ。八時からでいい」

彼はコーヒーを注ぎ足して自室に引っ込んだ。僕は、今朝自分でネジを巻いた懐中時計に目を落とした。まだ七時にもなっていない。

もう少しだけ時間をかけて朝食を終え、後片付けをしてから小屋に戻った。

服を手洗いするのは初めてだった。

たらいに石鹸を泡立てて洗濯物を突っ込み、綺麗になっているのかよくわからないまま、とにかくすすぐ。何度か繰り返してからたらいを空にして、固く絞った衣類を放り込んでいった。朝からちょっとした労働だ。バスルームの床に座り込んで窓を見上げると、朝の陽の光がきらきらと降ってくる。

昨日、あそこから出ていった少女の姿を思い浮かべて、ちいさく笑った。

懐中時計は七時半を指していた。たらいを抱えて裏庭に出る。ワイヤーにグレイの洋服はなかったが、洗濯ばさみは残っていたので、それを使って干していった。シャツが風ではためく。水滴が垂れる。

モナが来てから、自分の服は自分で洗濯するようになった。廊下に並んだ洗濯機と乾燥機、こぼれた水色の洗剤、あの女が買ってくる派手なピンク色の柔軟剤、甘ったるい香り……。なんだか途方もなく遠い世界の出来事みたいだ。だけど、家電もスマホも最新のものばかり好んで、買い換えては誇らしげにする父親から離れ、こうも原始的な生活を送るのは、悪い気分ではなかった。

時間にはまだ余裕がある。僕は裏庭にグレイの姿がないことを確かめ、深呼吸してから、貯水槽の裏に回った。道はないものの、注意深く茂みを観察すると、枝の折れているところがあった。それを辿っていく。海辺まではすぐだった。ただし海岸沿いは底が浅すぎて、ボートで近づけそうにない。たぶん彼女は、途中から浅瀬を歩いてきたんだろう。だから足が濡れていたのだ。

岩場にしゃがんで水に触れてみる。

入るには少し冷たく感じたが、海で泳いだことはないのだから——一昨日のあれは事故だ——、適温はわからなかった。昨夜の気温はどうだった？　彼女の肌は冷えていた。身体が弱いというのは、不治の病にでもかかっているのか、単に体調を崩しやすいというだけだろうか。

抱き上げたときに思ったのは、軽い、ということだった。細い。力の込め方を誤れば、どこか折れるんじゃないかと心配になるほどに。

あのエミリア・クルスが夜にこっそり海を渡ってくるなんて、グレイには思いつかないかもしれない。

——兄からあなたの話を聞いて、たしかにあなたなら大丈夫かもしれないって、私も思ったの。グレイに逆らう人なんて、いままでいなかったから。

裏庭に戻ったところでグレイに鉢合わせた。

昨夜のことを考えていた僕は、貯水槽の陰から出たところでびくりとして固まった。身を隠すには遅すぎた。倉庫になにか取りにきたところらしいグレイが、「なにしてんだ」

と怪訝な顔をする。

「——海を」僕はなんとか平静を取り繕おうとした。「どこからが海なのかを、確かめてました。洗濯物を干してたら、波の音が近かったから……」

「茂みに入るなって言っただろ。ヘビが出ても知らんぞ」

どうでもよさそうに言い、彼は倉庫に向き直る。目が逸れたことに幾分ほっとして、僕はその背中を見つめた。

「犬が来たら、ここにも放すかと思って。犬が海に入っても危ないんですかね」

それっぽい言い訳ができたと思ったが、グレイがぱっと振り返ったので、失敗だったかもしれない。僕は降参を示して両手をあげる。

「いまのも質問にカウントされるなら、撤回します」

「十一時半に来る」

「犬ですか？」

「躾はできてる。放っておいても馬鹿なことはしない、お前とちがってな」

「——」

僕はなにか返しかけたが、しばらくは大人しくしていたほうがいい、と思ってやめた。でも、エミリアはいつもどおりに過ごせとも言っていた。皮肉のひとつでも挟むべきだったか。

グレイがどいた後に、僕も倉庫から草むしり用の道具一式を出した。墓守がなぜか立ち去らなかったので、少し動揺した。なるべく顔に出さないようにして振り返る。琥珀色の瞳が、じっとこちらを向いている。

「なんですか」

そう言うほかなかった。グレイは目を細め、やや首をかしげる。

「お前、なんか変だぞ」

三秒ほどの沈黙がおりた。

「殴られないようにしてるんです」

僕は言う。は、と相手は短く笑った。

「手を出してきたのはそっちだろ」

脚立とバケツを持っているから、また「壁」のそうじをするらしい。小道に向かうグレイの後ろを、近づきすぎないペースでついていった。彼が「壁」区画の奥へと消え、僕は「グラウンド」のほうに曲がって、ようやく肩の力が抜けた。

芝生の上、昨日作業を終えたところまで行って、フォークを地面に投げ出す。

――お前、なんか変だぞ。

あんなのは、鋭い、どころの話ではない。動物みたいな勘のよさだ。僕は、自分の嘘が彼に通用したことを祈った。たぶん大丈夫だと思いたい。多少不自然に見えたとしても、エミリアの訪問を疑うなんてことにはならないはずだ。

それとも、グレイにすべてを暴露してしまうのも手だろうか。

どちらの側につくか、という話になる。エミリアとマルコ、ロヴェルの三人組か、グレイとセブの二人か。顔を合わせているのは後者のほうが多い。僕が口を割れば、三人組の計画は崩れるんだろう。アーヴィンはどうなる？

よくわからない。

俯いて、タンポポを見つけて抜いた。

あれこれ考えながらも、自分が告げ口をしないと、僕はすでに知っている。

三人組につく、というほどの話でもない。僕は別に、どちらのサイドの、だれのことも嫌いではない。――不思議なことに。でもだからこそ、知りたいと思うのを止められないのだ。エミリアに協力したほうが、もう少しなにか、この島に関わる人たちのことを理解できるような予感がした。

それに、グレイに秘密を持つのはスカイには無理だっただろう。アクセルにも、おそらくいつかのジョニーにだって。あいつの代わりに僕がここに来たことに少しでも意味を持たせることができるなら、人捜しくらい手伝うのも悪くないと思った。ときどき自分でもうんざりするほどひねくれたこの性格が、なにかの役に立つのなら。

フォークを握りしめて地面に突き刺す。

ひとまずは、黙って働く、それしかない。エミリアがまたやって来るまで、ここを追い出されないようにするために。筋肉痛が辛い点を除けば、この作業はわりと気に入ってもいる。いらないものを見つけて引っこ抜いて捨てる、それの繰り返しだ。植物をイチから大事に育てる、なんていうのよりは、ずっと僕に向いている。

青い海に浮かぶ黄色いボート、白いTシャツを着た若い男と巨大な黒い犬。

船着場に立って、僕はその光景をじっと眺めた。原色だらけで、モダンアートみたいなコントラストだ。犬はセブと向かい合い、大人しく座っている。でかい。三角の耳は垂れていて、毛は長く、この天気の下だと暑そうにも見えた。種類はわからない。犬に関して、僕はほとんどなんの知識もない。

船着場にボートが寄せられる。僕の姿を認めると犬は太い尾をゆらゆらと振った。対照的に、セブは機嫌が悪そうだ。

「なんでいきなり犬なんだよ。あんた、あんま興味なさそうだったろ」

妹に頼まれたからだよ、と言うわけにもいかない。

「なんとなく、やることがないから。話し相手はグレイかあなたしかいないし、どっちも話しかけると怒るし」

「ややこしい話題ばっかり振るからだろ。ほら、ルポ、ジャンプ」

犬が船着場に飛び移ると、ボートは激しく揺れた。それだけ重量があるのだ。体当たりされたら海に落ちるかもしれない。口からはピンク色の舌と尖った白い歯が覗いている。

は、は、は、と呼吸しながらこちらを見上げる瞳は黒寄りの焦げ茶色で、赤い首輪をしている。

「これ、咬みますか？」

「咬むわけないだろ。優しいし忍耐強い。でも、こいつになにかあったら、俺があんたにやり返すからな」

低い声で言って、「……返すならいまのうちだぞ」セブはぼそりと付け足した。

「は？」

「お前、興味ないどころか、ろくに触ったこともないんじゃないか」

そのとおりだった。犬と向かい合う、くらいしかまだしていないのに、そんなことがわかるものだろうか。僕は手を伸ばす。指の背で一度だけ、その頭を撫でた。温かい。犬は尾を振って応える。

ジョージアタウンにも、無論犬はたくさんいた。

町を歩けば出くわした。ただし近寄ったことはなかった。母がいた頃は追い払っていた生き物だ。彼女が死んだからといって、これからは仲良くしよう、なんて発想にはならない。

「自分から触るのは初めてかもしれませんね」

セブは呆然として、嘘だろ、とつぶやいた。犬は尻尾を振り続けている。あんなに長いものを動かして疲れないんだろうか。しゃがんで顔を近づけると、生ぬるい、湿った息を感じた。臭くはないが、獣っぽいにおいはする。

「なあ、ほんとに犬がいいのか？　なんだったら、ケージに入ったインコとか連れてくるぞ。ようは、部屋に生き物の気配が欲しいだけなんだろ」

僕はボートに立った飼い主を見た。初めて無神論者を見つけたキリスト教徒のような、憐れみの込もった目をこちらに向けている。

部屋に生き物の気配なんて、正直なところ欲しくはない。あの静かな小屋でベッドに寝転び、真っ暗闇からこの犬の息遣いが聞こえてくるとして、それがなんの慰めになるのか、僕には理解できない。どちらかといえば不気味なだけじゃないか。

と返すわけにも、いかない。

厄介なことを引き受けた気がしてきた。クルス家の人たちにはおそらく、この世に犬を鬱陶しく感じる人種もいることが想像できないのだ。

「この子でいいです。世話はそんなに大変じゃないんですよね？」

「まあな……」

僕が断らなかったので、彼の慈悲深い瞳は飼い犬に移った。不毛だな、と他人事のように思う。僕はこの犬をここに望んでいないし、セブも望んでいないし、犬だって、飼い主といっしょのほうがいいはずだ。だれにとっても不本意な展開ということになる。

「飯は朝晩二回」

セブが積んであった巨大な紙袋を持ち上げる。僕は両手で受け取った。重い。二つあり、どちらもドッグフードのようで、地面に置くと犬が鼻を近づけた。「こら」と飼い主に言われると聞き分けよくその場に伏せる。

「中にプラスチックのカップが入ってるから、それで二杯分だ。二つ目の袋に入ってる缶詰を、朝だけ上に開けてやる。水はいつでも飲めるようにしてやってくれ。トイレは外で済ますから定期的に出すこと。したくなったら自分でも言う」

言わない、と僕は内心だけで突っ込んだ。なにかしらアピールをするという意味だろうけど。

「ほかには？」

「でかいから、ずっと家の中にいると運動不足になるんだ。訪問者がいるとき以外は、なるべく外に出してやってほしい。放っておいてもイタズラなんかしないし、名前を呼べばすぐに戻ってくる。あとは……、人間の食い物はやらなくていい。あんた、あげてもいいものとだめのものとか、わかんないだろ」

「わかりません。雑食だと思ってました」

「ドッグフード以外なんもやるな」セブはほとんど遮るように言った。「明日は命日のやつがいるから、花を持ってくる。そのときにこいつ用のおやつも渡す。なんかのときはそれをやってくれ」

「なんかのときって？」

彼はいつになく真剣な表情で考え込んだ。

「なんつーか……、褒美みたいなもんだ。お前だってときどき菓子くらい食うだろ。だから適当に、気が向いたら……。そうだな、一日に二回くらい。あげすぎてもだめだ」

「そっちの袋は？」

僕は訊いた。ボートにまだ紙袋が残っていたのた。セブがはっとして差し出してくる。中身は人間用の昼食だった。サンドウィッチとフライドポテトが見える。

「これ、売り物ですか？」

「あ？　ああ、今日はちょっと作れないから……」

エミリアがどうかしたんですか。

喉元まで出かかったが、僕はなんとか呑み込んだ。「ウィル」何事か考え込んでいたセブが顔をあげる。やや気まずそうな上目遣い。煙草を取り出したのは、たぶん自分を落ち着かせようとするときの手癖だろう。

「悪いんだけどよ、グレイも呼んできてくれないか。どのみちこの荷物は一回じゃ無理だろ」

わかりました。僕はそう返事をして、ドッグフードを一袋抱え上げた。

生き物を預ける相手として、僕はよほど頼りなく見えたらしい。セブはグレイにも犬の飼い方をレクチャーしようとした。

「常識の範囲内のことは俺だってわかってんだよ」グレイは迷惑そうな顔で遮った。「そんなことのために俺まで呼び出したのか？」

「だって、こいつたぶんお前以上に犬飼うのに向いてないんだって。そもそも触ったことすら——」

「殺しはしねぇよ。馬鹿じゃないんだから」

墓守は素っ気なく言うと、さっさと小道を戻っていく。見捨てられたような顔のセブがかわいそうになり、「しません」と僕は請け合った。

「当たり前だろ……」

「二回の食事と、水とおやつ、トイレと運動。ちゃんと世話します」

セブはボートを船着場ぎりぎりまで寄せて犬に手を伸ばした。ルポの尾の動きが激しくなり、犬は首を伸ばして鼻先を飼い主の手にくっつける。生き別れを嘆く親子みたいだ。見かけによらず、セブ・クルスは過保護な性格をしている。生活用品を一式揃えてくれたときも思ったけど。

「訪問者がいないときは、こいつもここに連れてきてくれないか」

もちろんです、と僕は返した。セブは少しだけ慰められたように頷き、犬に微笑みかける。

「いい子にしてろよ」

僕は二袋目のドッグフードを抱えた。小道を振り返る。グレイはすでにずっと向こうにいる。

「あの」

「あ？」

「グレイも、犬を飼うのに向いてないと思うんですか」

ボートに座り直し、オールを構えた彼の手が止まった。

「あいつはひとりが好きなんだよ。好きっていうか……、そういうふうに選ぶんだ」

そこまで言うと、「だからお前は、なんでそういうことばっかり訊くんだよ」急に不機嫌になって、くるりとボートの向きを変えた。

「昼飯の袋に、明日の予定も入ってる。今日はもう来ない。ルポのこと頼んだぞ」

犬は船着場の端ぎりぎりに立って飼い主を見送った。名残惜しそうだが、海に飛び込んで追いかけるような真似はせず、セブがある程度遠ざかると、振り返って僕を見上げた。

たしかに物分かりがよさそうだ。

なにも言わずに歩き出しても、犬はきちんとついてきた。

それからの数日は平和に過ぎた。僕は命日を迎えた人に花を供え、姉の墓参りに来た無口な男性や伯母の墓参りに来た若い女性を案内し、あとは延々と草むしりをした。

ルポは本当に手がかからなかった。

僕の生活に加わったのは、グレイの家と自分の小屋に設置した水飲み皿に水を注ぎ足すことと、自分の食事のついでに朝晩エサをやることくらいだ。咬むことも吠えることもしない。僕が外で仕事をしているときはひとりで散歩をする。しかも、きちんとこちらの視界に入る範囲にいるのだ。墓石に粗相でもすればカラスから報復を受けるんじゃないかと思ったが、どういう躾の効果なのか、トイレは裏庭の隅でしかしてはいけないことも理解しているようだった。基本的にはどこにでもついてくるが、訪問者を迎えるときなんか、「待て」と命じればその場から動かなくなる。墓地でトカゲを見つけたときだけは興奮して追いかけ回すものの、「ルポ」と呼べば言うことは聞く。

水槽を洗わなくていい、という点では、金魚よりもラクかもしれない。

グレイは犬の存在をほぼ無視した。撫でることはもちろん、名前を呼ぶこともしない。初日に犬が家中の匂いを嗅ぎ回り、彼の寝室に向かいかけたときに「よせ」と言って止めた以外、話しかけることもない。――もっともそれは、僕もおなじだった。半ば予想していたとおり、犬が四六時中傍にいたところで、話しかけるというのはできなかった。母の墓を見下ろして沈黙していたときと変わらない。犬には顔があって、目が合えば尾を振るというだけだ。「ルポ」と名前を呼ぶときですら、僕はいつも、遠くまで伸びたメジャーをボタンを押して巻き取っている、程度の気持ちだった。船着場でセブが犬を呼ぶときとは、人間の態度も犬の態度も、明らかにちがった。

「犬と話すのは楽しいか」

ルポが来て四日目の朝、グレイに訊かれた。

朝、食事を終えた彼は、煙草に火をつけたところだった。僕はまだパンを食べていた。グレイからそういう雑談みたいなのを仕掛けられることはないので、僕はしばし固まった。足元に伏せている犬をちらりと見やり、嘘をつこうかとも考えたが、けっきょく首を横に振る。

「あんまり盛り上がらないですね」

墓守は煙を吐き、かすかに鼻で笑った。この島に上陸してから六日目。この人の表情の変化に気づくことも増えてきた。一日一回くらいだけど。

「気が済んだら返せよ」

「……返す?」

「一度借りたからって、最後まで面倒みなきゃいけないってわけじゃないんだ」

「返したほうがいいと思うんですか?」

深く考えずに訊き返すと、相手は顎を引いて黙った。予想外の返答だったらしい。「いたほうがいいのか?」と訝しげな表情をされて、今度は僕が口をつぐむ。

この犬を置いておくのは頼まれたからで、留守の間に植木鉢を預かる、みたいな義務感しかない。

犬を見る。犬はすぐに顔をあげてこっちを見上げる。エサを食べた直後だろうと、いつだろうと、もしかしたらまた食べ物をもらえるかもしれない、という希望を失わない生き物なのだ。僕が目を逸らすと伏せの体勢に戻る。

「お前、別に可愛がってもいないだろ」

「まあ……、そうですね」

グレイが息をつく。

「あそこはいろいろ飼ってるが、世話してんのはエミリアなんだよ。いらないならさっさと返してやれ。犬にも人にもそのほうがいい」

ルポが来てからずっと、食事はインスタントか、セブが持ってくるにしても店で買ってきたものだ。そうとはだれも言わないが、手料理がないというのはおそらくエミリアが体調を崩しているからで、グレイはどうやら彼女を気遣っているらしい。

この人もそんなことをするのか。

意外なような、そうでもないような。素っ気ないからといって冷酷無比というわけではないことは知っている。初日から、この人は命の恩人だったのだ。いつもとちがって生意気で反抗的な子ども――自覚はしている――を、見捨てずに働かせているんだから、根はいい人なんだろう。……いや、その言い方にも違和感を覚える。優しい？　そういう単純な言葉ではなくて。なにかもっと深いところに、ひどくわかりづらい、でもたしかに善良ななにかが埋まっている、そういう感じ。

「そんな人は知りません」

僕は言い返した。彼の言いたいことはわかるが、素直にルポを返却するわけにもいかないのだ。そのエミリアに頼まれているのだから。

「……くそガキ」

「いたほうがいい、とまでは思ってないかもしれませんが、いないほうがいいとも思っていないので。それに夜は――」

僕は最初の日を思い返した。

想像では、あの真っ暗闇の中で、はっ、はっ、はっ、はっ、という犬の呼吸を延々聞かされるハメになるのかと思っていたが、実際はちがった。明かりを消してベッドに横たわると、聞こえてくるのは、匂いを嗅ぐかすかな鼻息だった。ちゃ、ちゃ、ちゃ、という足音も。セブが追加で持ってきた巨大なクッションが彼の寝床だが、ルポは必ずしもそこで眠るわけではない。部屋の中を歩き回って、満足いく場所を見つけたらそこに寝そべる。こんな狼みたいなサイズの動物に寝込みを襲われたら死ぬな、とも初日は思ったが、ルポが攻撃的でないことは僕でもわかった。それどころか、呼ばない限り接触してくることすらない。ボートからセブが手を伸ばせば全力でじゃれつき、舐めることだってあるのに。

――こいつだって人を見てるんだよ、ちゃんと。

というのが飼い主の意見だった。

「夜は、なんだよ」

グレイが言う。

「夜寝るときに犬がいるのは、少し面白いです」

相手は諦めの息を吐き、マグカップを持って立ち上がった。この人の朝食の時間は、作る過程を含めて三十分弱で終わり、あとは寝室に引っ込む。八時前後に外で仕事を始める、というのが、墓守のルーティンだった。

「あなたは、犬がいないほうがいいんですか？」

僕は声をかけた。彼は振り返らなかった。「どうでも」とつぶやいて、廊下の奥へと消えた。


エミリアが再びやってきたのは、月曜日の夜だった。

僕はシャワーを浴びているところだった。開けっ放しにしていたドアから、ルポが突然バスルームに駆け込んできて窓を見上げた。尻尾はかつてないほど猛烈な勢いで振られている。

——次に私が来たとき、あなたに報せることもできる。

「素晴らしいタイミングだ」

僕はひとりごちる。二十四時間中、僕がシャワーを浴びるのなんてせいぜい五分くらいだ。ため息をついてタオルをかぶり、とりあえず下着をつけて窓を開けた。ジャンプして顔だけ出すと、音で察していたらしい彼女は両手で顔を覆っていた。

「シャワーだったの？」

「そう。だから、今回は本当に裸なんだ」

ジョークのつもりだったが、相手が声も出せなくなったので反省した。「十秒待って」と告げ、部屋に戻って服を着る。寝巻き代わりにしているセブのTシャツと短パン。イスを持ってバスルームに戻ると、ルポは待ちきれない様子でその場でぐるぐる回っていた。すごい喜びようだ。

「ほら」

イスに乗り、窓から顔を出して呼びかけても、エミリアはしばらく動かなかった。だが、「おやすみ」と言って窓を閉めようとすると「待って」と反応し、自分の声のボリュームに凍りついて黙った。僕は手を伸ばす。躊躇いがちに、相手が応じる。

前回よりもスムーズにいった。なんとなくコツがわかったからかもしれない。僕はもう動揺しなかったが、エミリアは最初よりも顔を赤くした。彼女を抱き上げてバスルームにおろした瞬間、ルポの興奮は最高潮に達し、そのまま彼女に飛びついた。

「ルポ、いい子にしてたね……」

エミリアが犬を抱きしめる。僕はイスを片付けて、髪を拭きながらその様子を眺めた。犬は、無言で僕についで回っているときとは別の生き物になったみたいに、全身で喜びを表現している。エミリアは床にしゃがんでそれに応えている。両手で犬を撫で、頭にキスをして、額を寄せ合ってにこにこ笑う。この小屋には似合わない、平和な光景だった。彼女が着ているのも寝巻きに見える。紺色の、ところどころレースのついた生地の上下で、前回の教訓を生かしたのか、ズボンの裾は腿ちかくまで折ってあった。足は濡れている。

「寒くない？」

「大丈夫……」

　彼女は言いかけて、自分の脚に気づいて、治まりかけていた赤面をぶり返した。「へいき……」素早く裾をおろしてから、犬の巨体に顔を埋めて動かなくなる。しばらくは犬の尾が床を叩く音だけが響いた。僕はベッドに座って、枕元の時計を見る。七時半。セブは今夜も酒場だろうか。あの老人は、ひとり海に浮かんでいるのか。

「本当はもっと早く来るつもりだったんだけど」

　ようやくバスルームから出てきて、エミリアは言った。犬がいるからか、彼女はイスではなくて床に直接座り、ルポは彼女の脚に顎を乗せて伏せた。

「体調が悪かったんだろう？」

「もう大丈夫」彼女は微笑む。「兄に聞いたの？」

「はっきりとは言われなかったけど、そうなんだろうなって。――そうか、今日は作ってくれたんだ」

　今夜はひさしぶりに、家庭料理を口にした。調子が戻ってきたのかな、くらいは思ったが、来ることも想定しておくべきだった。

「簡単なものでごめんなさい」

「いや、美味しかったよ。もう平気なの？」

「少し熱っぽかっただけでね。兄がなんでも大げさにするの。ベッドから出ると怒るから」

　セブ・クルスの過保護ぶりは、もちろん妹にも発揮されるのだ。僕はちいさく笑い、でも、と思った。大事な妹が体調を崩したのが、夜こっそりここに来ていたからだと知られれば、もっと大変なことになるだろう。

「それよりも、あなたは？」

「ん？」

「ルポとの生活はどう？」

　きらきらした瞳を向けられて、少し居心地が悪くなる。

「お兄さんから聞いてないの？」

「犬を触ったこともないやつだって、最初はすごく心配してた。でも、ちゃんと世話はしてるみたいだって、いまはちょっと見直してるわ。仲良くなってきた頃？」

　彼女の右手は、そう話しながらもごく自然にルポを撫でている。細い指が黒い毛の中に埋もれて、くすぐるように動く。犬は満たされたように目を閉じて、ときどきゆっくりと尻尾を揺らす。

「……グレイは、さっさと君に返すべきだと思ってる」

「どうして？」

「可愛がっているようには見えないし、君のほうが必要としてるだろうからって」

エミリアは目を見開いた。「もしかして、犬、嫌いだった？」囁くように彼女は訊いた。

この世にそんな人間がいることは、まったく想定していなかった、という顔だった。僕は息をつく。

「わからない。――いや、嫌っているわけじゃない。でも、君みたいにはなれない。話しかけるとか撫でるとか、そういうことにはならないんだ。ルポだって、飼い主といっしょにいるほうがずっといいだろ」

セブとちがって、彼女は憐れむような目はしなかった。どこか寂しげに笑って、「あなたって、グレイに似てるわ」と言う。

「……どこが？」

「グレイもそういう言い方するもの。そいつはお前らといたほうがいい、って」

「それはだって、」僕は一瞬言葉に詰まった。「普通そうでしょう」

「そう？　普通はみんな、自分のために連れていくのよ。犬が好きとか猫のほうがいいとか、いっしょにいれば寂しくないからって」

僕はなにか反論しかけて、やめた。どうでもいいことだ。こんなのは本題ではない。

「アーヴィンの話をしにきたんじゃなかったの」

エミリアの表情がさっと暗くなった。彼女が俯くと、すぐにルポが様子を窺う。ほら、と僕は思った。君のほうがその犬を必要としている。彼女はそっとルポを撫でてから顔をあげた。決意と悲しみと罪悪感と、いろんなものが混ざった瞳をしている。

「木曜日にリアムが来る。その夜に、アーヴィンを捜すの」

今日は月曜日だから、三日後ということになる。

「リアムは、あなたにとても感謝してるって。お礼もちゃんと、決めたの。ここを出たらもらえる予定だった三千ドルと別に五千ドル、私たちから渡す。どう？」

お礼が現金というのも、エミリアがそれを口にするのも、意外な気がした。

「ぜんぶで八千ドルもらえるってこと？」

「そう。でもリアムは、三千ドルはスカイにあげてほしいって」

「それは、もちろん……」

そうするにしても、もらう額は僕のほうがずっと多いのだ。

「楽園」に来てから、大半の時間は「グラウンド」の草むしりに費やされてきた。訪問者はいまのところ四人、みんな数時間の滞在で帰ったし、言葉を交わしたのはほんの数分のみだ。あとは芝刈り、水やり、小道やチャペルのそうじ、「壁」磨きなど……。仕事の種類は少しずつ増えてきたが、どれも基本的には雑用で、ハードな肉体労働ではない。休憩もあるし、食事も出る。グレイは無口ではあるものの、僕に理不尽な扱いをしてくるわけでもない。ルポが来てから僕自身がわりと大人しくしているからか、墓守が不機嫌になることもなく、カラスに脅かされることもなく、僕はこの島での静かな日々を気に入ってきてすらいる。

それで、最後に五千ドルもらえるのか。

ただ老人を捜す手伝いをするだけで。

――いや、それだけではない、かもしれない。

「アーヴィンを見つけたら、あなたはそのままここを出ることになると思うの。だから、予定が狂うことのお詫びの分も入ってる。リアムは、あなたには帰る家があるから大丈夫だって言ってたわ。本当？」

「帰る家？」

なにも考えずに訊き返し、気遣わしげな表情のエミリアと目が合う。

家に、帰ったら――。

たしかに僕は、過去のバイトたちのように、家を捨ててここに来たわけではない。早めに戻ったとしても、父は怒りつつも安堵して、僕は数週間の外出禁止やカウンセラー通いなんかを強制されるくらいで済むだろう。……モナは、顔を見せた途端、声をあげて泣き出す。ハグしてくる。なにかと泣いて、抱きつくのだ。僕はそれが死ぬほど嫌いだった。

香水かシャンプーか、毒々しいほど甘い香りのする髪、泣いているせいで湿った息遣い、台詞みたいに大げさに呼ばれる僕の名前。

耐えれば永遠に続く。いい加減にしろと突き飛ばせば、そう、今度こそ勘当される可能性もある。

それがどうした？　スカイに金さえ渡したら、僕があの町を出てもいいのだ。

こっちには五千ドルがある。

「ウィル？」

「あるよ」僕は微笑んだ。「大丈夫、問題ない。続けて」

「リアムはね、無事にジョニーを引き取って、あなたのホームタウンを出た。ほかの用事を片付けてからここに来るそうよ。お昼すぎになると思う」

「僕はなにも知らないふりをするんだよね」

「そう、リアムもそうする。それでもきっと、グレイは警戒するわ。リアムがあなたになにか吹き込んで、アーヴィンを捜させるんじゃないかって。だから二人になることはないと思う」

「よくわからないんだけど、グレイとロヴェルさんってどういう関係なの？　グレイは、自分が命令すればあの人はなんでもするって言ってた。弱みでも握られてるの？」

「弱み？」エミリアは目を丸くした。「ちがうわ、逆よ。命の恩人なの」

「恩人？」

「ここの手伝いとして来たときに、リアムもカラスに襲われたことがあるの。あなたとはまた別の状況だったけど……。それを助けたのがグレイ」

僕は、あのリアム・ロヴェルがなにをして、カラスの逆鱗に触れたのかを考えた。そしてグレイが、僕にしたのとおなじように、ロヴェルを──もっと若い頃の彼を──助けたところを想像する。

そういう人なのだ。ずっと前から。

「リアムはグレイのことを大切に思っている。だから彼に言われたらなんでもするっていう意味だと思う。──グレイは、アーヴィンを捜し出されることなんて望んでないけど」

「でも、君たちはグレイのためにやる、と」

彼女はちいさく頷く。

「グレイは、あなたとリアムが二人きりで話せるような機会は作らない。リアムはそれに逆らわないいし、あなたはもちろん、気づきもしない。ジョニーを壁龕のどこかに納めた後はみんなでお茶して、夜はリアムが、いつもより豪華な食事を作ってくれるの。彼はそのままグレイの家に泊まるから、あなたは夜、ひとりでここに帰ってくる。グレイはリアムが彼の目を盗んでここに来ないよう、一晩中気を張るでしょう。でも、リアムはなにもしない。むしろ彼のほうが、グレイがあなたに接触しないように見張っていられる」

「僕らはその間にアーヴィンを捜すんだね？」

エミリアの身体がびくりとした。眠りかけていたルポが反応して飼い主を窺う。

「ううん。私が捜すの。私とルポで」

「……僕は？」

「あなたは——」彼女は逃げるように視線を逸らして、俯き加減になった。「私が来たら、ルポを外に連れてくる」

「それで？」

「それだけ」

「それが終わったら、僕はここで、ひとりでなにをするの？」

「なんにも」上ずっているのを隠すように、その声がちいさくなった。「私が戻ってくるまで待ってるの」

「エミリア。こっちを見て」

彼女が顔をあげる。僕はただじっと見返した。相手は、最初こそ必死に耐えていたものの、だんだん顔を赤くして、やがてぱっと俯いた。

「エミリア。君は、嘘をつくのに向いてないと思う」

兄妹で顔に出るタイプらしい。犬ですら気づくのだ。ルポがぱたぱたと尻尾を振って立ち上がり、飼い主の頬を舐めた。慰めるようなその態度に、僕は少し感心する。

「本当は、どうするの」

「………本当は」掠れたちいさな声で、彼女は答えた。「ふたりで森に行って捜すように言われてる。私だけだと体力が心配だからって」

「僕も君も、森に入っても大丈夫なの？」

相手は素に戻って、不思議そうに顔をあげた。

「大丈夫だけど……、どういう意味？」

やっぱりか、と思った。

ここ数日、大人しくしていたからといって、なにも考えずにいたわけではない。アーヴィンのいる場所として最初に疑ったのは、チャペルの奥の空間だった。でも、グレイは僕があそこにひとりで行こうと意に介さない。初日からそうだった。裏庭や小道に、人が隠れられるような空間はない。墓地は論外だとすれば、残るは森しかない。

「この島にヘビは出る？」

「聞いたことないわ」

「僕が海に入ったらどうなる？」

エミリアの顔色が悪くなる。

「カラスに襲われる。グレイに言われなかった？　海に入るときは、私たちがいなくちゃだめ」

「そうだろうね……」

つまりあの人は、僕がカラスに殺されかけた直後に、あの嘘をついたのだ。真実に織り込んで、顔色ひとつ変えずにあっさりと、だけどもっとも効果的なタイミングで。

――いいか、この島の半分くらいは森だ。さっきのカラスたちの住み処。死にたくなけりゃ、やつらには近づくな。海に入ってはいけない、森に行くのもだめだ。

僕はふっと笑う。あれからまだ一週間も経っていないというのが信じられなかった。あのときの、なにもわからず混乱していた自分と、なにもかも知った上で僕を遠ざけようとしていたグレイと。

「ウィル？」

「なんでもない。ふたりで森に行くんだろう？　それでいいよ。僕だって報酬をもらうんだから当たり前だ」

「……でも、アーヴィンを見つけたら、話すのは私だけよ」

その声は、またわずかに上ずった。「僕は待っていればいいの？」僕は訊き返す。彼女は何度も頷いた。

「わかった」

そう返事をすると、エミリアの肩から力が抜け、ほっとしたのがわかった。……君は、嘘をつくのに向いてないと思う。僕は内心だけで繰り返した。

「じゃあ、私はそろそろ行かなくちゃ」

どこか唐突なその態度にもなにも言わず、僕はバスルームにイスを運び込む。エミリアは犬にキスをすると、一瞬泣きそうな顔になったように見えた。でも、ルポに抱きついてそれを隠した。僕はバスルームの入り口で、自分たちが墓地を抜けて森に駆けていくところを想像した。傾き始めた陽を浴びながら、黒い犬に導かれ、墓守を捜しにいく。ゴシック小説のワンシーンみたいだ。

その先に待っているものを、エミリアはきっと、僕よりも知っている。だからそんな顔をするのだ。

訊けば答えるかもしれない。というか、ここで問い詰めて、彼女に隠し通せるとは思えない。だけど実行に移さないのは、いくら僕が優しくない性格をしているとはいえ、そうむやみに女の子を泣かせる趣味はないからだ。

どのみち、三日後にはわかる。

「七時半には来るわ。森は広いし、暗くて肌寒いと思うから、ちゃんとした格好をしてね」

わかった、と僕は頷いた。彼女はまだなにか迷っているようだったが、僕はさっさと窓を開けた。犬は飼い主が自分を置いていくことを承知しているみたいな態度でバスルームまでついてきて、一度だけ悲しげに鼻を鳴らした。エミリアが困ったように微笑んで、

「いい子でいてね」と囁く。

「おじいさんが待ってるよ」

僕は言った。

抱き上げた彼女の身体は強張っていた。きっとこの子は、嘘や秘密を抱えられるようにはできていないのだ、と思った。僕とちがって。外に出るのも前回よりスムーズに済み、すとん、と地面に降り立ったエミリアは、僕を見上げて「ウィル」と呼んだ。

「おやすみ」

僕はそう返して窓を閉めた。

イスをおりる。一途に窓を見つめているルポの脇を通り過ぎようとして、気が変わった。右手を伸ばしてその頭に触れる。最初は指の腹で、次に手のひら全体で。犬は、飼い主を相手にしたときほどはリラックスしなかったものの、抵抗することもなかった。太い尾がゆっくりと揺れる。首元を通って顎の下に指を這わせると、彼は少し首を持ち上げた。エミリアよりも、ルポのほうがずっと体温が高い。

――お前が早くここを出て、あの家に帰れるといい。

そう思った。言葉にはしなかった。手を離してイスを運ぶ。犬はしばらくバスルームから動かなかったが、やがて戻ってきて、つまらなそうに自分のクッションに伏せた。それでエミリアが帰ったことがわかった。

僕はベッドに座って、壁に寄りかかった。

右手には、チャペルからかっぱらってきたライターを握っている。かち、かち、と火をつけたり消したりを繰り返しながら、向かいの窓に映る空の色が、少しずつ夜に近づいていくのを眺めた。あの広い森は、夜、どれだけ暗くなるのだろう。それは限りなく深い、原始的な闇に思えた。

アーヴィンなる人物がそこにいる。

小屋だか洞穴だか、そういう場所に隠れているとする。カラスに見つかれば殺される

——。そこまではまあ、いい。この特殊な島とあの凶暴なカラス相手なら、それくらいはありえるかもしれない。

問題は、彼を見つけるとどうなるか、だ。

普通に考えれば、カラスに攻撃されないようこの島を出る、というのが答えだ。グレイだって、慕っている相手が死なずに済むのなら歓迎するだろう。そうできない理由があるんだろうか。クルス家が協力しても？　たとえば、アーヴィンを連れ出そうとすればだれが漕いでいようとボートが襲われる、とか。島を出られないなら、どうしてわざわざ森なのか。グレイの家は二人暮らしできない規模ではない。僕に見られたくなかった？　それもわからない。生きているのなら少なくとも、食料は必要なはずだ。グレイが運んでいるとしか考えられないが、僕は一度もその場面を見ていない。真夜中か明け方にやっているんだろう。そこまで徹底して、僕にすらもアーヴィンの存在を隠しとおす理由がわからない。

——カラスはやっと、彼を死者として迎える気になった。でもグレイは、アーヴィンを失いたくないから、彼をカラスから隠してしまった。

アーヴィンに、カラスに逆らう気がなかったらどうだろう。

カラスの支配する「楽園」で、死者に尽くしてきた人物。エミリアは、アーヴィンが死を拒んでいるとは言わなかった。だとすれば、グレイがアーヴィンにしていることは……。

ライターがベッドに落ちた。ゆっくりと鳥肌が立つ。

ても。

——とにかく私はアーヴィンと話がしたい。どうしたいのか、直接訊きたいの、どうしても。

——でも、アーヴィンを見つけたら、話すのは私だけよ。

彼女はそれを確かめたいんだろうか。うまくいくのか？

「……どうだかな」

僕が考えても仕方のないことだ。

九時には部屋の明かりを消した。このリズムにも慣れてきた。暗くなっていく外の世界に呼応するように、少しずつ眠りの中に落ちていくのだ。ただ、今日はしばらく目が冴えていた。暗闇の中で天井を見上げ、僕は「ルポ」と呼んでみた。彼の動き出す気配、ちゃ、ちゃ、ちゃ、と足音が近づいてくる。犬という生き物は、みんなこんなに律儀なんだろうか。それともこの犬だけなのか。

ベッド脇に彼が立ったのがわかった。手を伸ばすと、濡れた鼻先に指が当たった。僕は手探りで頭を撫でる。

おやすみ、とつぶやいてから目を閉じた。

それは、僕にはやはりひとり言のようにしか響かなかったけど、そう悪い気もしなかった。

起きたのは五時過ぎだった。

いくら夜型だろうと、早く眠ればそれくらいには自動的に目が覚めてしまうのだ。だから目覚まし時計のアラーム機能はほとんど使っていない。身体を起こすと、犬もすぐに顔をあげる。外に出してもらいたがっているのだ。いつもはそうしてやるところだが、洗面台で水を飲むついでに顔を洗って、懐中時計を巻きながら首にかけ、今日はいっしょに小屋を出た。

明けたばかりの空の色。この島の静けさはすっかり身体に馴染み、僕はいまでは、音楽もテレビの音も人の声もなにも聞こえないことに、安堵にちかい感情を覚えるようになっている。

小道に出ると、犬は「グラウンド」を駆け回った。ときどきおかしな動きをするのは、トカゲを追いかけているからだ。彼はひとしきりはしゃぎ、でも、僕がチャペル前に着く頃にはきちんと隣に戻ってきた。ゲートを抜けて、船着場に出て、その場に座り込む。

風のない朝だ。

空は薄いブルー、水平線はぼんやりと赤く、海はまだ寝ぼけているように灰色がかって見える。永遠に続く波の音。僕はじっと耳を傾ける。

――これから。

六時を過ぎてからグレイの家に行き、朝食の準備をする。フライパンで焼くトースト、ソーセージ、チーズ、フルーツ、そしてコーヒー。調理するとき、彼はいつも煙草をくわえている。ただものを温めるだけなんだから僕にだってできるだろうが、任されたことはない。本当はコンロの前に立つのが好きなんじゃないかと思う。でも、指摘すればきっとうるさそうな顔をするだろう。部屋にはいろんな香りが混ざって漂う。テーブルをセットしたら、僕はドッグフードを用意する。缶詰からは人工的な匂いがして、犬は嬉しそうに尻尾を振る。毎朝おなじものを食べているのに、毎朝おなじように喜ぶのが不思議だった。皿に盛ると、一分もかけずに食べ尽くす。

——今日は？

フライパンを持ってきて彼は言うだろう。煙草をくわえたままだから聞き取りづらい。中身をそれぞれの皿に分け、空のフライパンを流しに突っ込むと、じゅ、と音がする。彼は煙草を消して席につく。

——ミスター・ハリスの命日なので、八時に花が届きます。午後二時にジャニスさんが来ます。

僕はここで、八時にセブを迎える。供えるための花を選んでいるのはエミリアらしい。ちいさなブーケを持って「壁」に行く。ミスター・ハリスは下から三段目なので脚立はいらない。別に祈ったりする必要はない、と言われているので、僕はただ花を飾る。ついでに「壁」を一回りして、気になるところがあればそうじして、しおれた花があれば回収する。あるというだけで、白い壁龕のそこだけが、急に生き生きとして見える。生花が

　休憩時間には、犬を連れて「グラウンド」に行くかもしれない。僕たちが時間をかけて整えた芝生は綺麗だ。墓石を見下ろして疎外感を覚えることも、もうない。

　彼らとは、半ば知り合いになってきたような気がしている。――一方的なものだけど。英語名の人のことはほとんど覚えてしまった。特徴的なモニュメントも、いくつかの墓碑に書かれた言葉も。僕はそれを眺めていく。話しかける言葉は持っていないが、雑草を見つければ引っこ抜く。たまに墓石に触れてみることもある。指先で、一瞬だけ。おなじ手でルポを撫でると、自分にとって、犬と墓、どちらもおなじくらいの距離にある存在だという気がしてくる。遠いか近いかはわからない。だが、ここに来たときより遠のいている、ということだけはない。

「――ウィル？」

　振り返ると、グレイが立っていた。

　ぼんやりしていたので、足音に気づかなかった。でも、これも自分が頭の中で再生している光景の一部のように感じられて、あまり驚くこともなかった。

「おはようございます」

「なにしてんだ」

　困惑した顔だった。めずらしい。それにやや息があがっている。僕は懐中時計を確かめた。五時四十五分だ。あなたこそ、と返したかった。ヒマなときは寝る、と言っていたわりに、僕はこの人が眠っているところを見たことがない。家に行くといつも起きている。

寝室にはよくこもるが、僕が行けば姿を現わす。アーヴィンのために気を張っているのだとすれば、さぞ疲れるだろう。

いまだって、もしかしたら僕が外に出た音を聞きつけたのかもしれない。犬のトイレだけならすぐ終わるはずなのに、その気配がないから様子を見にきた。あるいは――、彼は森にいたのかもしれない。ちょうど小道を歩いていた僕を見かけて、追いかけてきた。

「別になにも」

ただ、この島での暮らしに思いを馳せていただけだ。たった一週間、もう一週間。本当ならあと三週間くらいはこのままだったはずだが、木曜日にロヴェルが来たら、そこですべてが終わってしまう。太陽に合わせた生活リズムとも、電子機器を一切使わない日々とも、地球儀のそれよりもずっと美しくて底の知れない海とも、あと少しでどうにか変わるかもしれない、僕の墓地への思いとも、お別れだ。

この墓守とも。

「早く目が覚めたから、散歩のついでに」

へえ、とグレイはつぶやき、杭に寄りかかって煙草をくわえた。ぼさぼさの鳶色の髪、なにかを眩しがるみたいに、よく細められる琥珀色の瞳。全然嫌いではないのだ、僕は、この人を。自分が見知らぬ大人と、こんなにストレスなしに暮らせることは発見だった。ここ数日、僕はなににも苛ついていない。はたして何年ぶりだろう。

グレイは、決められた仕事をこなす以外、僕になにも求めない。礼儀正しさも、愛想のよさも、高校生らしい素直さも、優しさも、喜怒哀楽すら。「家が恋しくないのか？」なんて馬鹿な質問もされない。ただ「楽園」の秩序を保っていればそれでいいのだ。逆に、気遣ったり気の利いた振る舞いをしたりすれば、この人は疎ましがる。

もうすぐここを離れるのだと思ったら、急に嫌になった。言ってしまいたくなった、昨夜エミリアが来たこと、アーヴィンを知っていること、ロヴェルがなにを計画していて、どうしてルポがここにいるのか、すべてを。

「……あなたといると、煙草を吸いたくなります」

代わりにまったく関係のないことを言った。グレイは煙を吐き、「くそガキ」とつぶやいてかすかに笑った。僕は海に向き直って黙り込む。悲しい、気がした。この人を裏切るのは。

――リアムはグレイのことを大切に思っている。だから彼に言われたらなんでもするっていう意味だと思う。

僕だったら、自分がやろうとしていることを「お前のため」なんて言葉で武装したやつにぶっ壊されたら、怒り狂うだろう。

でも、いまさらどうにもできない。エミリアが来るのがもう少し遅ければ、僕は彼女の提案を断っていたかもしれない。少なくとも迷いはした。でも、まだなにも知らなかった僕は、彼女の瞳と自分の好奇心に、簡単に負けた。

「だいたいこれくらいなんだ」グレイが口を開いた。

「なにがですか?」

「一週間だろ。ここの生活にも慣れて、飯食って寝て、体力もついて、ヒマだってみんな思い始める。お前はもともと健康だったから、最初からうるさかったがな」

僕はグレイを振り返る。彼は海を眺めていた。ルポは僕らのちょうど真ん中くらいに伏せていて、その頭には青い蝶々が止まっている。

「で、みんな、なにするんですか」

グレイは肩をすくめた。

「日記をつける、絵を描く、プラモデルを作る、花を育てる……。わかるだろ、百年前にもあったような趣味の類だ。たいして金もかからない。そういう道具なら、セブに言えばどっかで仕入れてくるぞ」

そう、僕に時間があれば、そういうのもよかったかもしれない。

「考えてみます」

僕は答えて立ち上がった。陽の香りがする、と思った。それはこの島に来てから覚えたものだ。外に干した衣類につく匂い。

「なんつった? お前が親についた嘘」

「ローマで絵のサマースクールに参加するって」

グレイは鼻で笑った。僕の嘘はなにもそれだけではないのだと、彼の後ろをついていきながら思った。スカイなら顔に出ただろうか。あいつなら、そもそもこんなことは頼まれなかったのか。小道をのぼりながら、今日に限って鋭くない彼に、僕がこの島とはなんの関係もない事情でひとり海を見つめていたと思っているらしいことに、苛立ちを覚えた。

「グレイ」

家に入る前に呼び止める。彼が振り返る。

「僕は――」

――あの人たちは。

エミリアの、悲しみに満ちた声。

――このままでは壊れてしまう。

「……墓地が嫌いでした」

グレイは煙草をおろし、ただじっとこっちを見た。僕は一瞬だけ俯く。ルポと目が合う。昨日の夜、エミリアもこんな気持ちだったんだろうか。言いたい。言いたくない。言ってはいけない。

「でも、いまはそうでもありません」

彼は微笑んだ。一秒にも満たないくらい。「そうか」とだけ答えて、ドアを開ける。僕は大きく息を吐き、五千ドル、と頭の中で唱えた。なに感傷的になっているんだ。らしくもない。一週間前に初めて会って、数日後に別れてもう一生顔を合わせることはない、それだけの相手だ。大金が待っている。早くジョージアタウンに帰れれば、スカイはさっさとあそこを出ていけて、僕だって好きな未来を選べるようになる。

「寝起きのままなので、着替えてきます」

小屋はいつもよりも虚しい場所に見えた。ドアを閉めてしゃがみ込むと、犬が様子を窺うように近づいてきたが、僕は悪態をついて遠ざけた。

5．陽は落ちて

リアム・ロヴェルは、木曜日の午後二時にやってきた。

きっちりと喪服を着込んだ姿は、真っ青な海を背景にするとますます異様だった。ひさびさに現れたカラスの群れが空を飛び回り、その下にロヴェルがいるので、黒いもの同士が呼び合っているようにも見える。

「なんなんですか、あれ」

船着場で、僕はグレイに訊いた。カラスの鳴き声を聞くと否応なしに海に落ちたときの記憶が蘇り、鳥肌が立った。だが、墓守は「下までは来ねぇよ」と言っただけで、説明する気はないようだった。今日と明日はロヴェル以外の訪問者がなく、そのせいか、グレイの格好はかなりラフだ。髪はぼさぼさでヒゲも剃っておらず、杭に寄りかかって気怠げに煙草を吸っている。

それでもわざわざ出迎えにきたのは、エミリアの言ったとおり、僕とロヴェルが二人で話すことのないように、警戒しているのかもしれない。

ボートに姿勢よく座ったロヴェルは、最初は向かいのセブと話しているようだったが、島に近づいてくると、じっとこっちを――、グレイを見つめた。グレイのほうは、ロヴェルが目に入っているのかもよくわからない。

「ひさしぶりですね、グレイ」

セブがボートを寄せると、ロヴェルは慣れた様子で船着場に飛び移った。片手に抱いているものが骨壺だということに、僕は遅れて気づく。

「それに、ウィル？」

青い瞳がこちらを向いた。

僕は、舞台に立たされた役者のような気分を味わっていた。

ロヴェルは今夜僕がなにをするのかを知っている。――もしかしたら、僕よりも正確に全貌を把握している。でもいまは、僕がスカイ・ハーマーのふりをしていたときに会っただけで、お互いのことをなにも知らない二人、そういう芝居を打たなきゃいけない。セブとグレイという観客がいる限りは。

「別人だとは思わなかったよ。日焼けしたね」

やや咎めるような彼の表情は、よくできていた。「嘘をついてすみません」と僕は返す。そう悪いとも思っていないような口調で。

「それ、ジョニーですか」

骨壺は暗い赤茶色で、金色の縁取りがしてあった。僕が尋ねると、ロヴェルは両手でそれを抱え直して寂しそうな微笑を浮かべた。

――五年くらい前かな。あの子は、島にいる間に半フィートも身長が伸びたんだ。植物みたいな育ち方だった。

　ここに来たとき、ジョニーはスカイ並みにちいさくて、あいつとおなじくらいぼろぼろだっただろうか。地獄のような場所からここにたどり着き、グレイのもとで一ヶ月を過ごした。こんなふうに船着場に集まったこともあったかもしれない。

　いま、僕以外はおなじ面子で。

　ロヴェルが顔をあげて、グレイを見る。墓守はようやく杭から離れて、煙草を消した。無表情のままロヴェルに近づくと、骨壺に手を伸ばして蓋を持ち上げた。クッキージャーでも開けるような気軽さだった。次に手を突っ込んで、遺灰をひと摑みする。

　だれも動じていないところを見る限り、騒ぎ立てることではないらしい。

　グレイは船着場の先端ぎりぎりまで進む。長髪が風で乱れる。墓守の背中、眩しいほどの青い空と海、カラスが僕らを見下ろしている。ロヴェルもセブも、ルポでさえ、じっとグレイを目で追っていた。

　墓守が海に向かって手を伸ばし、開く。

　砂浜の砂みたいにさらさらと、遺灰は風にさらわれていった。すぐに見えなくなって、それに応じるように、カラスの群れも森の方向へといなくなる。

　僕が覚えている庭師の姿は、春の雪の日、紺色のニット帽、控えめな笑み。

　ウィル、と名前を呼んだ声。

――もうこの世からなくなったもの。

墓守は数秒、そのまま海を向いていた。やがてくるりと振り返り、軽く手を払ってから、ロヴェルから骨壷を引き取った。するとセブがボートに積んでいた革のスーツケースと花束を持ち上げて、ロヴェルに渡した。慣れた様子だった。傍観していたのは、僕と犬だけだ。

「じゃ、明日」

セブがそう言って、ルポに軽く触れてから離れていく。ロヴェルは慰めるように、取り残された犬の頭を撫でた。

「けっきょくこの子を借りたんだね」

エミリアに頼まれたんです、ご存じでしょう？　僕は内心でそう返しつつ、肩をすくめてみせた。

「やることがなくて」

ロヴェルはふっと笑った――。青い目が細くなる。それでいい、と芝居を肯定されたような気になった。都合のいい解釈だろうか。

「いつもとちがうタイプの子だとは思ったけど、代理なんていままで一度も――」

「リアム」

グレイの低い声が飛んできた。ロヴェルがぱっと振り返る。

「さっさと来い」

ゲート脇に立った墓守に呼ばれて、ロヴェルはすぐに応じた。こちらを見ることすらしなかった。犬みたいな反応のよさだ。命の恩人というだけでああなるのなら、僕もグレイに対しておなじくらい従順にならなければいけなくなる。

「ルポ」

僕がつぶやくと、犬はきちんと隣に並んだ。

ジョニーは「壁」の区画に葬られた。

壁龕のひとつにグレイが骨壺を納め、ロヴェルがスーツケースからちいさなプレートを取り出して、接着剤で石板に貼った。刻まれているのは名前、生年と没年。僕はあの庭師のラストネームを初めて知った。ジョニー・マイヤー。それだけで、生前はほとんど知らなかったのに、死んでから知り合いになったような気分になった。

つまらない人だと思っていた。土いじりが好きな変わり者、貧しい独り身。いま会えたなら、訊きたいことがたくさんある。あの人の過去にこんな世界が広がっていることを、もっと前に知りたかった。

花束の中で僕にわかったのは、ひまわりとカーネーションだけだった。ロヴェルはグレイに渡そうとしたが、墓守が首を横に振ったので自分で供えた。それは絵になる光景だった――。真っ白な壁に、喪服の男が、色鮮やかなブーケをそっと挿す。

「どうやって死んだか聞きました？」

グレイはちらりと僕を見て、「ああ」と返事をした。

「チワワだって」

ロヴェルはため息をつくように笑い、「馬鹿みたいですね」と掠れた声でつぶやいた。

ジョニーが死んだとき、僕は悲しいとは感じなかった。それほどあの人のことを知らなかった。スカイはどうするんだろう、とは思った。町の人たちの偽善者ぶりに苛々した。

それだけだった。

悲しいことだったのかもしれない。あの人が死んだのは。

ロヴェルを見て思う。

「見にいったんですよ」

「犬を？」

「犬も、女の子も」

「で？」

「元気そうでした」

グレイは短く笑い、右手を伸ばして、ロヴェルの金髪をぐしゃぐしゃにした。大人が子どもにやるような仕草だ。首をすくめたロヴェルの横顔すら幼く見えた。墓守が小道へと戻り、ロヴェルが続く。僕はジョニーの名前の刻まれた石板をしばらく眺めてから、二人を追いかけた。

不思議な感覚がした。

失って、戻せない。それは悲しいことなんだと、初めて知ったような。――そんなはずはない。母が死んだときは悲しかった。葬儀には町中が参列し、父親は最初から最後まで泣いていた。――自分は？　あまり覚えていない。ただじっと足元を見つめていた。真新しい革靴を履いていた。みっともない格好をしてはいけない、と言われたのだ。母さんを見送るんだから、きちんとしなくちゃだめだろう。父の言葉に納得する気持ちと、反抗したい気持ちが両方あった。母が死んだからと新品の靴を買い、それを履いている自分。棺の傍に立っていると、入れ替わり立ち替わり、人々が声をかけては去っていった。だれとも目を合わさなかったのは、同情に満ちた態度で抱きしめられるのが嫌だったからだ。

十二歳だった。すでにハグが嫌いだった。――いや、ちがう。あのとき嫌いになったのだ。それでなにかが慰められるというのを信じたくなかった。なにより、一番自分のことを抱きしめていた腕は、もう永遠になくなったのだ。両手を前で組み、ずっと俯いていた。抑えた音量でかかっている音楽、ピンク色のユリ、バラ、カーネーション、溢れんばかりに花が飾られた空間、赤い絨毯、そこに黒いハイヒールが割り込んでくる。充満する花の匂いを打ち消すような人工的な香りがした。お悔やみ申し上げます、スティーヴ……。

「ウィル？」

「っつ」

はっとして顔をあげると、グレイが怪訝な顔で立っていた。もう家の前に着いていて、彼はドアを押さえて待っている。僕は黙って中に入った。母の葬儀の日のことを思い出したのはひさしぶりで、少し頭がくらくらした。グレイが座って煙草をくわえる。僕もイスに腰をおろした。

「あれ、ロヴェルさんは……」

どこですか、と訊くよりも先に、彼はグレイの寝室のほうから出てきた。ジャケットは脱ぎ、タイも外していた。片手に見たことのないケトルを持っていて、慣れた様子で外のコンロにかけにいく。

「コーヒー、君も飲むでしょう?」

ミルで豆を挽きながら彼は言う。別の空間に来たみたいだと僕は思った。もちろんこの人はしょっちゅう「楽園」に来ていて、長年ここを使っているのだから当然だけど、グレイ以外の人物がキッチンに立っているというのは新鮮だった。不自然、と言ってもいい。

「この家にあんな道具あったんですか」

「一式俺の部屋に置いてあるんだよ」半ば迷惑そうにグレイが答える。「豆は毎回持ってくる。好きなんだろ、こういう細かいのが」

「あなたが雑すぎるんですよ」

ロヴェルが微笑んで言い返す。白シャツに黒のスラックスという服装なので、彼がコーヒーを用意する姿は、ホテルの給仕のように見えなくもない。あるいは給仕役を演じている俳優。実際、彼の言動はどこまでも自然だった。今夜のことなんてまるで意識していないようなにこやかさだ。

　ちいさな棘が、喉元に引っかかったような気がした。ロヴェルの態度に？　それとも、ホテルを連想したせいだろうか。父の職場だ。ジョージアタウンでは、町の外に仕事がある家は「金持ち」扱いされるという不思議な習慣があった。外を嫌って、外に焦がれる、あの死ぬほど閉塞的な町。もうすぐ帰ることになる――。

「甘いものは？」

　ロヴェルの声。顔をあげる。二人分の視線がこちらを向いている。

「いただきます」

　テーブルには三人分のコーヒーが並んだ。イスは二脚しかないので、ロヴェルは寝室からスツールを持ってきて座った。僕はずっと居心地が悪かった。この人がいるだけで、この家の空気が和気あいあいとしたものになる。それのなにがいけない？　手持ち無沙汰になって、ルポにおやつをやる。犬は大喜びで飛びつく。いつもと変わらないでいるのは犬だけだ。

「甘いもの」はちいさな缶に入ったチョコレートだった。いかにも高級そうだ。ひとつ口に入れてみると、一枚七十セントの板チョコとはたしかに別モノだったが、ちがいすぎてよくわからなかった。ドライフルーツが入っていて、たぶん洋酒も入っていて、凝った味がする。

ただ、コーヒーは美味かった。ロヴェルの言うとおり、グレイが作るものはやたら熱くて苦くて、雑な味がするのだ。それも僕は嫌いではないけど。

嫌いでは、なかった。

「美味しいです」

ロヴェルは僕を見てにっこりと笑った。――なんて綺麗な男の人。ミセス・ジェニングスはそう言った。この人もスカイみたいな目に遭っていたんだろうか、と僕はふと思った。ここでひと夏働いたってことは、たぶんそうなんだろう。そんなふうには見えない。生まれたときからずっと陽の当たる場所にいた、そんなふうにしか見えない。

「どうしたの？」

ロヴェルが首をかしげる。見つめすぎたせいだ。僕は二つ目のチョコに手を伸ばした。今度はナッツが入っている。

「さっきからおかしいんだよ」

グレイが煙草を消しながら言う。一瞬、ほんの一瞬、ロヴェルの瞳が落ち着きをなくしたのが見てとれた。僕の様子がおかしいと、この人は困るのだ。「大丈夫？」と彼は囁く。口の中で、チョコレートの粒が少しずつ溶けていく。

「大丈夫です。甘いものを食べたのはひさしぶりだから」

「……グレイが食べないからね。でも、セブに言えばお菓子でも持ってきてくれるよ。クルス家で焼いてくれることもあるし。バナナのケーキとか、美味しかったな」

「エミリアの？」

　僕が返すと、ロヴェルはびくりと身体を強張らせた。青い目を見開いてこっちを見る。僕は彼の大げさな反応に戸惑って黙った。

「会ったことがあるんだよ」グレイが割って入った。「聞いてないのか？　そいつ、ボートを盗んでひとりでここに来ようとしたんだ。エミリアが気づいて止めようとした。間に合わなくて俺に電話してきたが、とにかくそのとき、こいつはあの子に会ってる」

「ああ、そうだったの……」

　ロヴェルがぎこちない微笑を浮かべる。僕がエミリアと口にした瞬間、彼は僕が失言をしたと思ったのだ。

「見なかったことにしろって言ったら、やたら名前出すようになりやがって、天邪鬼が」

　グレイがつぶやき、「だって、隠す意味がよくわからない」僕は返しながら、ロヴェルと視線を交わす。おなじ舞台にいる役者同士、共犯同士の。彼はコーヒーに口をつけ、徐々に穏やかな笑みを取り戻した。この人も緊張して演じているのだ、と僕は思う。

「……」

　さっき感じた棘の存在をまた思い出した。馬鹿げている。この家で、このテーブルで、だれもが嘘をついているのだ。騙し合っている。僕とロヴェルはもちろん、グレイだって素知らぬ顔をして、僕らが二人だけにならないよう見張っている。彼がこの呑気なティータイムに付き合っているのは不自然だった。

「ごちそうさまでした」

コーヒーを飲み干して立ち上がると、二人とも驚いた顔をした。僕は無視してカップを洗い、「部屋で休んできていいですか」と振り返る。

「気分でも悪いの」

ロヴェルが気遣わしげな顔になる。彼のどこまでが作り物なのか、僕にはもうわからない。僕を心配しているのか、僕が今夜しくじるのを心配しているのか。どちらにしても、僕にはどうでもいいことだった。今夜アーヴィンを捜し出せば五千ドルはもらえる。別にロヴェルに好かれなくても、チョコレートを食べなくても、こんな茶番に付き合わなくても。

「眠いだけです」

だれからも許可はおりなかったが、だめだとも言われなかったので、僕は裏口を出た。犬がついてくる。

「ウィル、ねえ――」

ロヴェルの声と、だれかが立ち上がった音がした。僕は振り返らなかった。さっさと小屋に向かう。

途中で腕を摑まれた。

振り返る。わかっていた。グレイだ。

「なにが甘いものを食ったのはひさしぶりだ」不機嫌そうに彼は言う。「もっと前からおかしかっただろ。なんなんだよ」

「別になにも」

苛々した。いつもなら放っておくくせに、ロヴェルが行こうとしたから、それを阻止するためにこの人が来たんだろう。どいつもこいつも、他人のためのような顔をして、自分のためのために行動している。……僕も含めて。

「あの人嫌いです」

僕は言った。グレイが眉を寄せ、「リアムが？」とわざわざ確かめてくる。あの人を嫌う人間が世の中にいるなんて信じられない、という口調だった。僕は彼の腕を振り払う。

「そうです」

ルポ、と僕は呼ぶ。裏庭の隅でトイレを済ませた犬が駆けてくる。今度は引き止められなかった。犬といっしょに小屋に入り、勢いに任せてドアを閉めて、ベッドに倒れ込む。

眠いというのは嘘ではなかった。昨夜はほとんど寝ていないのだ。

ここで過ごすのはこれで最後だ、と思ったから。

今日を迎えるのが嫌だった。でも、早く終わってでも欲しかった。この三日間、ずっとそんな感じだった。

「……ルポ」

寝そべったでままつぶやく。自分の尻尾を追いかけてぐるぐると回っていた犬がすぐにやってくる。僕は頭を撫でてやった。犬はいい、単純で。でも、こいつとももうすぐ別れるのだと思うと、自分が本当にひとりきりになる気がした。

最初からそうだったのに、来たときよりもずっと。


起こしに来たのもグレイだった。

ノックの音で目は覚めていたが、返事をしないでいたら、彼は中まで入ってきた。壁を向いていた僕は咄嗟に寝たふりをする。「ウィル」足音が近づいてきて、肩のあたりを軽く揺すられた。大きな手、よく知っている煙草の匂い。見上げると、彼は一瞬だけ柔らかく微笑んだ――。おそらくは彼自身も気づいていないような無防備さで。

「なんだ。ほんとに眠かったのか」

僕は自分が、十歳くらいの子どもに戻った気がした。遊び疲れて眠っていたところを、優しく揺り起こされたみたいな。スカイだったら良心の呵責に耐えきれずに泣き出しただろうか。ごめんなさいと謝ってすべてを告白しただろうか。ぼんやりと考えつつ、僕はいかにも寝ぼけた様子で身体を起こす。

「飯」

それだけ言って墓守は出ていった。ドアは開けっ放しだ。外から漂ってくる肉の匂いに犬が鼻をひくひくさせ、こちらの表情を窺ってくる。「行けば」とつぶやくと本当に出ていった。僕はちいさく舌打ちし、立ち上がって顔を洗った。

バスルームの窓を見上げる。その向こうにだれもいないことはわかっていた。約束は七時半で、いまはまだ五時半だ。この島の夕食の時間。

鏡の中の自分と目が合う。機嫌の悪そうな顔をしている。

「五千ドル」

そう唱えて小屋を出た。

コンロの前に立っていたのはやはりロヴェルで、分厚い肉を焼いていた。足元には犬が張り付いていて、なにかもらえやしないかと待っている。僕はその平和な光景にも苛立った。

「昼寝は気持ちよかった？」

ロヴェルの声は愛想がいいが、青い瞳は探るようにこっちを見ている。ええ、まあ。僕は適当に答えながら家に入った。勝手に心配すればいい、僕の仕事は、リアム・ロヴェルを安心させることなんかじゃない。グレイは座ってビールを飲んでいる。テーブルの上には、豪華なサラダとかぼちゃの冷製スープが並んでいた。これにステーキとバゲットがつくのか。ちょっとしたパーティだ。

「あの人が作ったんですか？」

僕の言い方には明らかに棘があった。ロヴェルを嫌っていることにしたいからそうしたのか、自分が本当に彼にうんざりしているのか、僕自身もう判断がつかない。どちらもおなじことかもしれない。グレイが片目を細めて、瓶から口を離す。

「毎年やるんだよ」

エミリアもそう言っていた。ロヴェルはいつも、バイトのために甘いお菓子を持参してティータイムを設け、夜はごちそうを振る舞うのだ。墓守とは正反対の、華やかで優しい人物が現れて、だれもが魅了される。それがパターンなのだ。恒例の行事をやらないと不自然だからそうしているだけで、ロヴェルだって別に、グレイを裏切る夜を祝福しているわけではない。

僕はサイダーを飲みながら犬のエサを用意した。からからから、というドッグフードの音に反応して犬が駆け込んでくる。「ここに来るとき、あいつになにか言われたのか?」

グレイが訊いてくる。

「いえ、なにも」

「なんで嫌いなんだよ」

「……、性格がよさそうだから」

「胡散臭いって?」

「苦手です」

本当のことだったかもしれない。グレイは片手で顔を覆い、二秒ほど笑った。「面倒くさいな、お前」煙草をくわえた横顔は面白がっているようだった。初めて見る表情だ。意外だった。僕と近づくのを警戒していることを除けば、この人はロヴェルがここにいることを受け入れている、と気づいた。

「なんであの人、『死神』って呼ばれてるんですか？」

「どこで聞いた？　それ」

「セブさんが言ってました。初めて会った日に」

グレイは気に入らなかったようだったが、「今日だってジョニーを連れてきただろ」と答えた。僕は裏口に視線を向ける。一瞬でエサを食べ終えた犬は、すでにロヴェルの足元に戻っている。

「毎回だれかを持ってくるんですか？」

「ああ」

皿を取りにきたロヴェルが、「もうできますよ」と非難するように言った。グレイが煙草を吸っているからだろう。グレイはうるさそうに手を振る。僕はロヴェルが、三枚の皿を器用に片手で持ち、トングで肉を載せていく様子をしばらく眺めた。死神……。途中で席を立ち、横から皿を受け取る。

「ありがとう」

なんの裏もないようなロヴェルの笑み。僕が皿を運び、彼はフライパンに残った肉汁でソースを作った。それが仕上げだった。全員が席につくと、ルポはしばらく迷った末に、僕とロヴェルの間に伏せた。この匂いのするものをいつかもらえるかもしれない、という希望を捨てきれないようだった。

僕は血の滴る肉を見下ろして、ナイフとフォークを構える。

墓守と死神と迎える、最後の晩餐。なんて「楽園」らしい夜だろう。


小屋に戻ったのは七時少し前だった。

いつもは洗い物を含めてもせいぜい六時過ぎなので、今夜のディナーは最長記録だ。そういえば食事中というのは会話をするものだったかもしれないと、ロヴェルが思い出させてくれた。喋ったのは九割以上がロヴェルだったが、振られれば僕も応じた。最低限の礼儀をもって、グレイに不審がられない程度に。

もちろんロヴェルは、この島に関係するような、際どいトピックは取り上げなかった。ただ、ジョージアタウンは出てきた。彼は数日隣町に滞在し、ジョージアタウンに通ってスカイの家も特定したものの、本人を見かけることはなかったという。

「妹さんには会ったよ。家の前で遊んでいるところに話しかけたら、すごく驚かれた。お兄さんがいて、ケガをしていて、家にいることは教えてくれた」

「腕も足も折れてたし、多少歩けるようになったとしても、会いたい相手がいるわけでもないだろうし。なにより親が外出禁止にしてるんじゃないですか」

「お前、帰った後にどうやってそいつに金を渡すか考えてんのか？」

グレイが訊く。彼はいつもどおり一番に食事を終えたが、寝室に引っ込むことはなく、飲みながら会話に付き合っていた。

「別にどうにでもなりますよ。あそこの継父、夜は家にいないし、母親もしょっちゅう出かけてるし。あいつが歩けるようになってさえいれば、脱走くらい手伝います」

ならいいけどな、と墓守は言い、煙草に火をつけた。僕とロヴェルは視線を交わす。役者同士、共犯同士の。僕はすぐに目を逸らす。グレイの「帰った後」という言葉に胸がざわついた。彼は、それはまだ先のことだと思っている。僕らはちがう。ロヴェルはまるで僕のストレスを感じ取ったように器用に話題を替えたが、僕は自分が不機嫌になっていくのを止められなかった。気を遣われたことすら気に入らなかった。すると今度は、グレイとロヴェルが共犯となり、僕を巻き込まないで済むような無難な会話に移行した。それで僕は、自分の分の片付けを済ませて出てきたのだ。

小屋は静かだった。空っぽの場所だ。グレイの家が賑やかだったせいで、一層そう感じた。僕はドアに寄りかかって、自分が一週間と少し過ごしたその場所をしばらく眺めた。

別に楽しいことなんてなかった。

来る日も来る日も草を刈り、死者を訪ねてきた人たちを案内し、挨拶程度の言葉を交わした。グレイとの会話だって少なかった。陽が沈んだら眠り、昇れば起きた。空いた時間は本を読むか、墓地を歩いた。人生でこんなにコーヒーを飲んだことはない。エミリアの作る料理、セブの買ってくるサンドウィッチ、グレイの吸う煙草の匂い、初めて犬と暮らした。そこまで面白くはなかった。ただ常に動物が傍にいて、呼べば来るというだけだ。それなのに、自分はどうしてこの生活を、こんなに離れがたく感じているんだろう。

シャワーを浴びた。この水の勢いが不安定なバスルームともお別れだなと思った。この島での日常のすべてが、少しずつ終わっていく。タオルをかぶって部屋に戻り、決めていたとおり、この島に来た日に着ていた服に着替えた。セブのものでも、ロヴェルのものでもない、僕がゆいいつ持っている自分の服だ。デスクの引き出しからパスポートを出してポケットにしまう。ほかのものはすべて海に沈んだので、これでこの部屋にはもう、僕のものはない。

懐中時計は首にかけたままにした。七時過ぎ。もう少し。

小屋の中を歩き回ると、犬がつられたようにそわそわし始めた。僕は彼におやつをやり、簡単に部屋をそうじする。寝具を剥がしてひとまとめにして、借り物の服は畳んでマットレスの上に置いておく。セブがくれたものは紙袋に突っ込んだ。まるで身辺整理だな、と思ってちいさく笑った。

七時十五分。

深呼吸をした。そろそろいいだろう。バスルームにイスを運び、その上に木箱を裏返して置いた。やや不安定だが倒れるほどではない。さらにその上に立つと、木箱のおかげで高さが稼げて、窓枠に足をかけることができた。きょとんとした様子のルポに見送られ、僕は外に飛び降りた。

地面に膝をつき、少しの間、耳を澄ませる。静かな、いつもの夕暮れ時だ。グレイの家のほうからはなにも聞こえない。いま出てきたばかりの窓を振り仰いで、自力で入るのは無理そうだと判断する。戻るときは入り口を使うしかない。

息を潜めて、貯水槽の裏へと回った。いつか確かめたとおりの場所を通り抜ける。痛いくらいに胸がどきどきしていた。吐く息が震えていた。岩場に立つ。どこまでも続く青い海には、ぽつりと黄色のボートが浮かんでいる。

老人がひとり。

僕は彼を見据えた。知っていた。こうなることを。

岸からボートまでの距離は、五十フィートほどだろうか。相手もこちらに気づき、驚いた顔をしたが、すぐに頷いた。僕は岩場にサンダルを脱ぎ、ジーンズの裾を膝まで折った。

海の水はひんやりとしていた。

裸足に砂利が痛かった。サンダルを脱がないほうがよかったかもしれない。エミリアは、どんな顔をしてここを渡っていたのだろう。まだ明るい空を見上げてみたが、カラスの姿はない。足が着いていれば陸地とカウントされるのか、クルス家の人間がすぐそこにいるからなのか。ボートに近づくにつれ海底は深くなり、僕は自分が、入水自殺でもしているような気分になった。

少しずつ、いままで生きてきた世界を捨てていくような。

マルコ・クルスはじっと待っていた。彼は初めて会ったときとは別人のように見えた。

よく日に焼けた肌は、室内よりも空の下のほうが似合う。白髪は海風に乱れてぼさぼさだが、こちらを見つめる瞳には、セブやエミリアに通じるものがあった。

「七時半と言われただろ」

僕がボートに届く距離に着くと、彼は囁いた。

「はい」

「早かったな」

「こうなると思っていたので」

老人は目を見開いた。

「エミリアは来ないと？」

僕は頷く。

「あの子は来るつもりだったんだ、俺に隠れて。——あるいは、俺を説得できると思ってたのかもしれんが……」

「わかってます。でも、彼女も森に行けるなら、そもそも僕が来るのを待つ必要なんてなかったですよね」

ロヴェルは頻繁にここに通っているのだから、チャンスなんていくらでもあるはずだ。むしろグレイが警戒していない、手伝いのいない時期のほうがやりやすいだろう。この人がエミリアとルポを連れてくればいい。ロヴェルが墓守を家に留めておけば、船着場だって使える。

　それなのに、彼らは僕に依頼した。わざわざ大金まで用意した。それには理由があるはずだ。

「それに、彼女は嘘が下手ですね」

　老人は悲しげな微笑を浮かべた。

「参ったなあ。お前さんは、頭がいいな」

「考える時間はいくらでもあったので。あなたたちの計画では、エミリアはただの伝達係で、捜索は僕だけにやらせるつもりだった。ちがいますか？」

　彼は何度も頷き、海を振り返った。なにもない。ここは島の北側だから、彼らの家がある方向ですらない。

「あの子の体力じゃ、森を歩き回るなんて無理なんだよ」

　ほとんどひとり言のようにちいさな声で、老人はつぶやいた。

「いまは、体調は？」

「大丈夫、寝てるだけだ。リアムに薬を用意してもらったから、朝まで起きんよ」ボートに積んでいた紙袋に手を伸ばして、彼は薄汚れた軍手を取り出した。「森に入ったら、ルポにこれを嗅がせて『見つけろ』と命じてくれ。それと、これも」

　僕が軍手を受け取ると、彼は黒い革紐を、こちらの首にかけてきた。ちゃり、となにかが懐中時計にぶつかる。僕は胸元を見下ろした。革紐の先についているのは、ちいさな鍵だった。

目眩がした。これだって予想はしていたのに、当たったことが信じられなかった。膝まで浸かっている海水の温度が急に下がったようだった。

「アーヴィンは監禁されてるんですね」

つぶやいた声は掠れていた。それは質問ではなく確認だった。老人が息を呑み、両手に顔を埋める。

「お前さんは、頭がよすぎる……」


右手で摑んだ鍵は、水とおなじくらい冷たい。老人が僕を見上げる。

「なあ、ウィル、頼むから、深くは考えないでくれないか。これ以上は……。俺たちは、なにも知らない人間のほうがいいと思ったんだ。この島のことを知らないやつに頼んだほうがいいって。エミリアは、そんなのは無責任だって、自分でやろうとしたがな……」

両手で右手を摑まれた。僕が握っていた鍵ごと包み込むように。手は温かく、こんなふうに人の肌に触れたのはずいぶんひさしぶりな気がした。僕は反射的に手を引き抜きかけたが、老人の力は思いのほか強く、ほどけなかった。

「アーヴィンを捜してくれ。あいつに会えばきっとわかる。この島の運命は、ずいぶん前に狂っちまったんだ。逆らえば、墓守かうちの人間に反動がくる。リアムはグレイのために、俺は孫たちのためにやってるんだ。わかるか」

明るい茶色の瞳は怖いほどに澄んでいた。僕は頷いた。この先のことだって、もちろん想像はしていた。アーヴィンに死んでほしくないから、グレイは彼を監禁している。僕はその彼を解放するための鍵を託された。残っている未来はつまり――。

でも、それは言ってはいけないのだ。この老人だってぎりぎりの選択をしている。

エミリアの姿を頭に浮かべた。

自分の部屋で、動物に囲まれて、静かに眠っている。

起きたらすべては終わっている。

「わかってます。僕は五千ドルで人捜しをするだけだ。これを預かっていてください」

ようやく老人の手から抜け出して、僕はポケットに入れていたパスポートを、ボートの中に放った。

「こんな不気味なところ、これ以上はいられない。途中で出ていけるならお礼を言いたいくらいだ。終わったらすぐにアメリカに帰ります。ちゃんとお金を用意しておいてくださいね」

ありがとう、と彼は言った。波の音にかき消されるような声だった。僕は老人に背を向けて、もう振り返ることはしなかった。ばしゃばしゃ歩いて岩場に戻る。裏庭に戻ってきたところで、一瞬立ち尽くした。だれもいない。

――この期に及んで。

なにかに勘づいたグレイと鉢合わせて、計画がだめになる、みたいな展開を、心のどこかで期待していたのだ。でも、そんなことにはならない。すべてうまくいっているし、僕はもう、後戻りはできない。

そっと小屋の前に回り、ドアの隙間に身体を滑り込ませるように中に入る。ルポが尻尾を振って出迎えた。グレイのサンダルから自分のスニーカーに履き替え、バスルームからイスを戻し、このままここに帰ってくることがなくても問題のないように、すべて整えた。

「ルポ」

犬が駆け寄ってくる。その頭に触れる。

「行こう」

音を立てずにドアを開けて、閉めた。グレイの家の横を通るときが一番どきどきした。でも、バレるはずがないとわかっていた。ロヴェルは彼の仕事をしているし、僕はそこまで幸運でも、不運でもない。小道をくだり、糸杉の間を抜け、「グラウンド」に入ったところで、もう足音のことは気にしなくなった。だんだんと早足になって、最後は走った。犬はただの散歩だと思っているようで、飛び跳ねるようについてくる。

森に入る直前で振り返って、泣きそうになった。

すべての死者が、こっちを向いている。灰色の墓石も天使の彫像も、なにもかも。愛された妻、親切だった夫、慈愛に満ちた人生を送った老女、あまりに早く神様に召された子ども、全員が揃っている。それぞれから伸びる長い影、傾き始めた陽に照らされた芝生、生垣、糸杉の葉の柔らかい緑色、小道の向こうで聖歌隊みたいに規則正しく並ぶ白い壁、左手にほんの少し覗くチャペルの丸い屋根まで愛おしい。ここにはだれもいない。ここにはみんながいる。

大きく息を吸って、その光景を刻みつけた。

森に向き直る。ここも墓地だ、といまさら気づいた。僕は森の近くで作業することがなかった——もちろん、グレイは意図してそうしたんだろう——から、知らなかった。「グラウンド」よりも、もっと古い。板のように薄い墓石が、半ば樹木に同化しながら点在している。

グレイは、アーヴィンを墓地に隠したのだ。

その場に片膝をついて犬を呼んだ。軍手を取り出して鼻先に近づける。

「……見つけろ」

僕は命じた。

背の高い針葉樹が生えている。地面は木の根や石ででこぼこしている。土と葉の匂いがして、ときどき虫の羽音も聞こえた。僕はひたすら黒い犬を追いかけて、森の中を進んでいく。

この島に来るまで、自然、というものが嫌いだった。

放課後や休みの日は、ヒマを潰したければネットをするか、ファストフード店の隅っこに座ってスマホで延々ゲームでもするか、バスで隣町のモールに行って映画を観るか、というのの繰り返しだった。あそこも田舎だからハイキングくらいならいくらでも行き先があったが、わざわざ汗をかいたり服が汚れたりするところに行きたいという願望は、自分にはなかった。自然に癒されるなんて幻想だと思っていたし、庭に花壇を作って喜んでいるモナのことは馬鹿だと思っていた。彼女は水やりくらいしか世話はせず、面倒なパートはすべてジョニーにやらせていたくせに、「花が大好き」だとよく言っていた。それを誇るべき自分の性質だとでも思っているように。

でもここには、そういう押し付けがましいものはなにもない。

すべてはそこにあるだけだ、人間とは関係なく。海は綺麗でも、泳ぐ者はいない。半裸でサンオイルを塗って寝転んでいる人の姿もない。花が咲くのは人間を――少なくとも生きている人間を――歓ばせるためではない。けっきょくのところ僕が嫌いだったのは自然を好きだと言い切る人間のほうで、自然そのものではなかったんだろう。抜いても抜いても生えてくるタンポポや、刈った三日後にはもうおなじ長さに伸びている芝生を見ていると、脱力して笑えた。そして、自然を好きとも嫌いとも言わず、ただ淡々と作業し続けるグレイの背中。

「グラウンド」で休憩しているとき、自分がここに埋まっていたら、と考えた。たしかに気持ちいいかもしれない。土と植物と静寂。静けさというのも、ここに来てから好きになった。最初は落ち着かなかったが、慣れてしまえば、人の作った音がしない空間ほど清々しいものはない。カラスの心情すら少し理解できたような気になった。この完璧な空間を乱したのなら、怒られても仕方ない。

仰向けに寝転がってそんなことを考えていたら、突然ばしゃっと水をかけられた。服が濡れて飛び起きると、少し離れたところに空のバケツを手にしたグレイが立っていた。無言でミネラルウォーターを放ってすぐいなくなったので憮然としたが、いまならわかる。あれは心配していたのだ。僕が熱中症かなにかで倒れたんじゃないかと。

ほんの数日前のことが、ずっと昔の記憶のように感じられた。

森の中を歩いていると、時間の流れみたいなものが、曖昧になっていく。

一昨日の夜に通り雨が降ったからか、普段よりも一層濃い土の香りが充満していた。黄緑色の苔や奇妙な形のキノコは、「グラウンド」にはないものだ。入り口から離れるほど木が密生しているのか、周囲が薄暗くなり、波の音すらほとんど聞こえなくなっていった。あるのは自分の足音と犬の息遣いだけだ。カラスの住み処というから警戒していたが、いまのところ彼らの気配もない。人工のものといえばそれこそ墓石くらいで、多くはないものの、常に視界のどこかにひとつ入る程度の数は建っているようだった。大半は植物に侵されていて、木の根と一体化していたり、蔓に倒されていたり、半分に割れて苔だらけになっていたりした。いつの時代のものなんだろうか。

振り返ってみると、遠くなった「グラウンド」がずいぶん明るく見えた。陽が落ちる前に森を出なければいけない。夜はどれほど暗くなるかわからない。犬は少し前で、地面に鼻先をつけるようにして進んでいる。毛並みが黒いせいでその姿はときどき木陰に紛れ、下手すれば見失ってしまいそうにぼんやりとしている。

「ルポ」

名を呼ぶと彼はすぐに振り返り、尻尾を振って寄ってきた。いつもどおりだ。軽く頭を撫でて、おやつを持ってくればよかった、と思った。もう一度軍手をかざして「見つけろ」と言うと、素直に捜索に戻ってくれる。

グレイは、僕の目を盗んで、ひとりでここに通っていたんだろう。

あの細長く、やや姿勢の悪い後ろ姿が、この場所に佇んでいるところを思い浮かべた。この島のことだから、いくら暗い時刻だろうと懐中電灯なんて持ち込めないはずだ。ライターの火をかざすか、せいぜいロウソクを灯すくらいだろう。煙草はＯＫだろうか？　わずかな月明かりしか射さない森の中でも、墓守はあの、すべてどうでもよさそうな気怠げな瞳のままだったのか。それともアーヴィンに会うときは、もっと感情を見せるのか。

空に縋ろうとした手、そんなふうに見える枝の伸びた木々の間に、彼がひとりで立っている――。

「っつ」

はっとして足を止めたが、まばたきしたら墓守の幻影は消えていた。ため息をついて、手近な木の幹に手をつく。時計を確かめると八時前だった。もう半時間ほど、犬のあとをついて歩いているわけだ。

　後ろの森の入り口はますます遠くなり、夕暮れ時の赤みの差した光が、異世界への出口みたいにゆらゆら揺れていた。自分は本当にあそこから入ってきたのか？　おなじように出られるのか――。

「……ルポ？」

　犬の息遣いが聞こえなくなっていることに気づいてぞっとした。

前を向く。いない。左手には茂みがあり、右手には墓石がある。自分が悪夢の中にいるような錯覚がひさしぶりにした。「ルポ！」声を張り上げて呼ぶと、どこからかかさと音がした。聞き慣れた鼻息が聞こえてきて、茂みの奥から犬が姿を見せる。

　両手を伸ばして彼の首元に触れ、ちゃんと体温があることを確かめて初めてほっとした。犬は、ぱたぱたぱたぱた、と尻尾を振ってから僕を見上げて、いま出てきたところに戻ろうとする。誘うように。

　そっちなのか。

　森の奥へ、奥へと入っていく。どんどん現実から遠ざかっていくようだ。犬はいたって無邪気な様子で、彼にとっては、森も墓地も大好きな「外」の一部でしかないんだろう。動物なんだから当たり前だ。彼が茂みに身体を突っ込んで抜けるので、僕は髪をかきあげて、茂みをまたいだ。

「――」

そこで、気づいた。ここだ。グレイもここを通っている。足を着いたときにわかった。ここらへんの地面は、明らかに踏み固められたような癖がついている。立ち止まって呆然とした。

これでは本当に、もうすぐ着いてしまう。

その後はそう難しくなかった。ルポが先導してくれるのもあるが、グレイの歩いた痕跡を身体で感じられたのだ。薄暗いから地面はよく見えないものの、足の裏の感触がちがう。ほかほどふわふわしていないところがある。折れた枝、踏みつけられたキノコ、そういうものを捉えるたび、グレイの幻も見え隠れした。視線を上に向けると、葉と葉の隙間に、薄紫色に色づいてきた空が覗いている。

僕は自分がグレイになったような気がした。

あるいは、この先に待っているのはグレイなんじゃないかと思った。

道を逸れたので、振り返ってももう森の入り口は見えない。帰りは道を戻るだけだから大丈夫だと思っていたが、四方を木に囲まれていると方向感覚が狂ってくる。それでも僕は、ルポを追いかけて進んだ。アーヴィンを見つけるまでこの森を出ることはできないと思った。

ふと視界が開ける。

背の高い木が少ない場所に着いていた。落雷かなにかで真っ二つに折れた大木がある。

血管のように地面に張り巡らされている木の根、その盛り上がったところに前肢をかけて、ルポが尻尾を振っている。なにかを達成して、褒められることを期待するように。

僕は眉をひそめた。小屋も洞穴も、なにもない。もちろん人の姿もない。

だが、ルポが動かないので、木の根をのぼるようにして近づいた。

最初に目に入ったのは墓石だった。

木陰に、木の根に邪魔されたようにやや斜めに建っている薄い石板。ほとんど黒色に見えるほど汚れている。僕は一瞬、アーヴィンは本当に死んでいるんじゃないかと思った。

そしてここに埋められている、と。……ちがう、そんなはずがない。万が一彼がすでに死んでいたとしても、墓がこんなに古びているわけが――。

そこまで考えて凍りつく。

アーヴィンは地中にいるのだ。生きたままで。

「そんな……」

つぶやいた声は、掠れていた。

見たくない、見てはいけない。そう思うのに、足が勝手に引き寄せられていく。犬が道を譲った。僕はまず、墓石に触れた。冷たくて、苔のせいで、少し湿ったような感触がする。その後ろを覗き込んだ。枯れた葉っぱや土が盛られているせいで見づらいが、そこにあるのは地面ではなかった、なにか、薄汚れたカンバスみたいなものが敷いてある。かぶせてあるのだ。僕は自分の呼吸音をやけに大きく感じながら、ゆっくりとそれに手を伸ばした。恐ろしい手品の片棒でも担がなければならなくなったように、その覆いに手をかけて、思い切り引く。

「——っ」

骸骨が、そこにはいた。

僕は飛び退って木の根につまずき、派手に転んで地面に落っこちた。高さがあったわけではないが、硬い根っこにしたたかに背を打ちつけたせいで痛みが走った。唇も嚙んだらしい。口の中に血の味が広がった。僕はうつ伏せになり、身体の震えを止めようと、ただじっとした。

——大丈夫よ、ウィル、神様が守ってくださるからね。

そんな嘘はもう通用しないし、彼女はとっくの昔に死んでしまった。だから自分でどうにかするしかないのだ。ルポがおずおずと近づいてきて、鼻先を寄せてくる。僕は両手で犬を抱き寄せた。彼は抵抗しない。僕は時間をかけて呼吸を整え、犬をぎゅっと離さないままで振り返った。

取り去ったカンバスの下にあったのは、人骨だった。

薄暗い木陰で、骨は奇妙なほど白く映った。ハロウィンの小道具、なにかのジョークみたいに。でも、この島に人の骨があればそれは間違いなく本物だろう。頭蓋骨がふたつ、胴体の骨は麻紐みたいなものでまとめてあるが、おそらく二体分が揃っている。彼らの下には大きな木の板があった。僕は目を閉じ、最近ではもう罵ることしかしなかった神様相手に祈りそうになる。勘弁してくれ、と。

「無茶だ……」

あの木の板が扉なのだ。アーヴィンはあの下にいる。目を開けてよく見ろ、ウィリアム。骨の下に南京錠があって、あの粗末な木の板を、針金で太い木の根にくくりつけ、中からは開かないようにしてあるのだ。わかるか？　お前はあの骨を触って、どかすしかないんだよ。

僕はルポを抱きしめたままだった。縋っていた、と言ってもいい。犬には体温があって、現状に動じることもなく、落ち着いて呼吸をしている。この場ではそれで充分だった。

これじゃあまるでエミリアだな。

息を深く吸って、吐いた。

彼女がここにいなくてよかった。

そうだ。

犬を離す。僕は神様を信じていない。奇跡は起こらないし、ここに駆けつける者はだれもいないし、ここで救いを待つなんて真っ平御免だった。あれは人骨だ。それがどうした？　ドラマや映画にいくらでも出てくる。この舞台――夕暮れの森の中、墓石の横――があまりにふさわしいのが問題なだけで、よく考えれば、そう怯えるものでもない。肉が残っているわけでもなく、虫もわいていない。骨だけだ。理科室にだってある。

グレイがこれをセットした。理由は不明だが、彼はここに通っているのだから、これにも触れているはずだ。大丈夫。

黙れ、怖いわけじゃない。僕は言い返して立ち上がった。触りたくはなかったものの、

――お前、墓が怖いわけじゃないよな?

蹴り飛ばすなんて論外だとわかっていた。ここは「死者の」楽園なのだ。そんなことをしたらカラスを呼びかねない。放り出したままだったカンバスをシーツを広げるように敷き直し、ひとつめの頭蓋骨に手を伸ばした。骨自体はすべすべしているが、土で汚れていて、触れると指先についた。鳥肌が立った。そっとカンバスの上に移す。首から下の骨は、どうやら上半身と下半身で分かれているようだった。僕は息を止めて、寝ている赤子を起こさず運ぼうとするように、慎重に動かした。ルポは事の深刻さをまるでわかっていない様子で匂いを嗅ぎ回っていたが、骨をくわえるような暴挙には及ばなかった。ありがたい。二体目もおなじようにする。僕の手はずっと震えていたが、骨を落とすことはなかった。上出来じゃないか。

終わったときには、全身汗でびっしょりだった。

呼吸を整え、ルポを呼び寄せて、門番のいなくなった木の板の前に膝をついた。首にかけていた鍵を南京錠に差し込む。それはもちろん、ぴたりと穴にハマる。ハマってしまう。かちゃ、と鍵が回る。自分が失神するんじゃないかと心配だった。人骨以上のものがこの先にあるとは思いたくないが、もはやなにも予測できない。重たい木の板を引っ張って開ける。

「……リアム？」

　声がした。掠れた、低い、老人のものだった。

　地中からわずかに明かりが漏れてきて、本当にここに人がいるのだ、と思った。すぐ下に土の階段、というか、足がかりのある斜面、程度のものがあった。穴はそう深くはない。明かりは弱く、照らしている範囲は狭く、中はまだよく見えない。

「ちがうなあ。だれだ？」

　それこそ死人が出しているのではないかと疑いたくなるほど嗄れた声だったが、口調は呑気で、どこか飄々としている。僕は最初の出っ張りに足を乗せ、頭にルポの息を感じて振り返った。目が合う。

「おいで」

　僕は言った。一人で入るのが嫌だったからだ。犬は尻尾を振りながら要請に応じ、ほとんど滑り落ちるようにして僕の脇をおりていった。「お、ルポ」老人が嬉しそうに呼びかけたのが聞こえて、僕も少し力が抜けた。

　地下シェルターみたいだと思った。土の中はひんやりとしていて、湿った枯れ葉のような匂いがした。枝が重なったり、岩が積まれたりして壁になっている。いろいろなところから木の根が垂れている。天井は低く、上半身を曲げないと頭をぶつけずに進むことは難しかった。もちろん広くもない。僕の小屋の半分以下だろう。斜面の終わりに立つと、グレイの家のダイニングチェアとおなじものがあった。イスの上にはちいさなランプがあり、照明器具はそれだけらしい。そしてさらに奥に行くと――。

その人は、マットレスの上で、ルポを撫でていた。

マットレスはだいぶ汚れていて、地面に直接置いてある。彼は仰向けの体勢で、胸まで生成り色のブランケットをかけているが、ルポを撫でる右腕は、棒切れのように細かった。徹底的に日焼けした褐色の肌、灰色の髪とヒゲは伸び放題で、穴の中の薄暗さも手伝って、トンネルを寝ぐらにしている浮浪者のようだった――。ジョージアタウンにはいないので、テレビでしか見たことないけど。鎖骨も浮き出ていて、僕はいましがた外で触れたばかりの骨の感触を思い出さずにはいられなかった。餓死寸前、と言われても納得できるほどに痩せている。

だが、それにしては悲壮感がない。よっ、というかけ声とともに老人は身を起こし、木箱――マットレスの横にあり、なにか雑多なものが入っている――から煙草を取り出した。グレイとおなじ銘柄だ。たしかにここは、あの家と似た匂いがする。

「今年の子どもか？　リアムに唆されたな」

彼はにやにやし、「こっち来いよ、取って食いはしねぇよ」と手招きした。外見と声に反して、言動は若々しい。彼がランプをベッドにどかしてくれたので、僕はイスに座った。

いつもはここにグレイが座っているんだろうか、と思いながら。どこかに隙間でもあるのか、老人の吐き出した煙草の煙は、充満することなく消えていく。

「名前は」

壁に寄りかかって、相手はじっとこっちを見てきた。僕もここの薄暗さにようやく慣れてきて、彼とはっきりと目が合った。皺と髪に半ば隠れた、ほとんど白っぽく見える水色の瞳。どこか面白がるような目つきだった。

「ウィルです」

「俺はな、アーヴィンっていうんだ。知ってるか？」

僕は頷いた。怖さは感じなかった。自分が初対面の大人に対してほとんど無条件に抱く警戒心すら、この人には覚えなかった。不思議だ。むしろなにか動物に――ペットではなく、狼とかジャッカルとか、物語の中でしか聞いたことのない動物に――初めて遭遇した、みたいな気持ちだった。

「ジョニーがお前を選ぶとは思えんな。リアムに仕込まれたか？」

「……いいえ」

「よくグレイが上陸させたな」

くくくっ、と笑い、アーヴィンはどこからか取り出したスキットルに口をつけた。中身は酒だろう。たしかに陽気な酔っ払いのように見えなくもないが、おそらくちがう。おどけたような表情をしていても、視線は鋭いままなのだ。

「リアムになんて言われた、ウィル？」

「ロヴェルさんには、なにも言われていません」

彼は眉を寄せ、「マルコか？」と訊き直す。僕は首を横に振った。

「計画したのは主にその二人だと思いますが、僕に伝えにきたのはエミリアです」

「あの子が？　どうやって？」

「マルコさんがボートに乗せてきたんです。先週の夜。彼女はひとりで上陸して、こっそり僕のいる小屋を訪ねて、いっしょにあなたを捜してほしいと」

「いっしょに？」老人は軽く目を見開いて笑った。「マルコがやらせんだろ、そんなことは」

「それが、僕がひとりでここにいる理由です」

「ルポとな」

名前に反応して犬が耳をぴくりとさせた。アーヴィンがマットレスを叩くと、大喜びで彼の隣に飛び乗り、伏せる。この人は動物が好きだし、好かれもするらしい。――グレイとちがって。

「リアムはいるのか？」

「今日来て、いまはグレイと家にいるはずです」

「役割分担ってわけか」老人は犬を撫でながらつぶやく。「エミリアなあ。元気なのか？あの子は」

「たまに体調は崩すみたいですが、僕が会ったときは大丈夫そうでした」

「ずいぶん会ってないんだ。美人に育っただろうな」

「まあ……」

アーヴィンはまた表情を崩した。この人はよく笑う——これもグレイとはちがう——が、最後に必ず目を伏せる。だからだろうか、どこか寂しげに見えるのは。でも、顔をあげるときには、元の飄々とした雰囲気に戻っている。

「今日は何日だ？」

「六月十八日です」

「いま、何時だ」

「八時十分ですね」

「マルコの時計だな」

懐中時計に目を留めて、彼は顎をしゃくった。僕は頷く。「じゃあ、ウィル」と老人は続ける。

「少し話す時間がありそうだな。俺のことを、どこまで知ってる」

あなたはグレイの、父親代わりだと。

それが最初に頭に浮かんだ。だが、口にしたくはなかった。

「グレイがあなたを、ここに監禁していると」

「エミリアがそう言ったのか？」意外そうな声だった。

「いえ……、グレイはあなたを失いたくなくて、カラスから隠していると言われました」

「じゃあ、カラスのことは知ってるんだな」

はい、と返しながら、急に喉が渇いた。これじゃあまるで取り調べだ。僕はこの人と話してみたかった、気がする。でも、こんなふうにどんどん会話を進められるとは想定していなかった。グレイが慕っている相手なら、寡黙な人なんだろうとどこかで思っていたのかもしれない。

「手、痛そうだなあ、ウィル」

びくりとして、僕は脚の間に組んでいた手を咄嗟に引いた。カラスに突かれてできた傷のことを言われたのだ。アーヴィンが意味ありげな目をして煙草を消し、新しいのに火をつける。枕元にある、吸い殻の溢れた空き缶を見て、たしかに似ている、と僕は思った。この人とグレイは、一見真逆だが、ふとした動作が似ている。鋭いところも。

「なにやらかした」

楽しそうな口調だった。「話す必要がありますか?」僕は言う。

「お前、俺をここから助けにきたんだろ?」

「……、たぶん」

「じゃあ、少しくらい仲良くやってくれたっていいだろう。しばらくグレイとしか会ってないんだ。あいつがどれだけお喋りか、お前知ってるだろ。人との会話に飢えてんだよ」

僕はイスに座り直した。こんなの、普通に人の家に遊びにきたみたいじゃないか。老人の話し相手になれって？

「……クルス家のボートを盗んで、ひとりで島に行こうとしたんです」

「なんでまた」

「セブさんが連れていってくれたときに、グレイが上陸させてくれなかったので」

アーヴィンは声を出して笑った。

「やっぱりお前、呼ばれてきたんじゃないだろう。タイプがちがう」

「代理だったんです」

「代理？」

「来るはずだったのは同級生でした。ここに来る直前に、階段から落ちて手足を骨折して、僕は代わりを頼まれました」

「友達だったのか？」

「……いいえ」

グレイとおなじことを訊く、と僕は思った。

「じゃあ、なんで引き受けたんだ」

「僕も家を出たかったからです」

老人の動きが止まる。「それは、なんでだ？」

ほら、この目つきも似ている。なにもかも見抜いて、見透かして、僕が自覚していないことまで見通すような……。僕は目を逸らした。「僕はただ――」俯いて、足元に視線を向ける。革靴。ちがう。履き潰したスニーカー。どうして家を出たかった？

「……家が、嫌いだから」

だめだ、と思った。こんな説明では満足してくれないだろう。顔をあげる。でも、老人は軽く肩をすくめ、スキットルに口をつけただけだった。僕はかすかに安堵して、同時にバツが悪くなった。話したくないことを理解されたみたいで、それはそれで気まずかったのだ。

「あなたは、どれくらいここに閉じ込められてるんですか」

話題を自分から遠ざけたくて、僕は訊いた。彼はどうでもよさそうに首をかしげる。

「さあなあ。お前が来る少し前だよ」

「あなたの意に反して？」

「そう大げさな言い方をしなさんな」

「この上がどうなってるかわかってますか？」

「鍵がかかってたのを、お前が開けてくれたんだろ」

「それだけじゃありません。入り口は木の板で塞いであって、その上には、人の骨が置いてありました」

僕はじっとアーヴィンを見ていた。彼は軽く目を見開いたが、驚愕というより、ああ、と納得したように見えた。その手があったか、というような表情だ。そして満足げに頷いた。

「カラスどもを欺くために、ここを墓扱いにしたんだろ。悪い手じゃない」

俺ならいっそ、この中に骨を入れただろうがな。そうつぶやきながら犬を撫でる。まるで扉の上に置いてあったのは花束だったような口調だ。僕を見て苦笑する。

「まあ、お前はびっくりしたよな。怖がらせたなら悪かった」

「――怖かったわけじゃありません」

口をついて出てきた言葉に、自分で呆れた。相手は微笑む。

「仕方ないんだ。あいつは――、グレイは、必死なだけでな。お前が来るまでに決められなかったから、とりあえず俺をここに移したんだ。その前に決着がつけばよかったんだが。――ああ、本当にそうなればよかったんだけどな」最後はため息交じりで、ひとり言のようだった。「この島では、まったくなにひとつ、うまくいかない」

アーヴィンが煙草を消す。僕は、どこかで聞いたような台詞に鳥肌が立っていた。

「よお、ウィル、いま何時だ」

明るい口調に戻って老人が言った。「八時二十分です」僕が答えると、ルポの背中を軽く叩いてマットレスからおろす。

「そろそろ行くか」

彼はブランケットを蹴り飛ばして端に寄せ、地面に両足を着いた。裸足だ。洋服も麻のような素材で、中世の物乞いのような姿だった。

「いま出ればちょうど、海に陽が沈むのに間に合うんじゃないか。船着場でマルコが待ってるんだろ」

楽しい旅の予定でも提案するように言い、立ち上がろうとする。「でも」僕はつぶやいた。声が掠れた。

「でも、だれもあなたを『助ける』とは言わなかった」

アーヴィンと目が合った。僕は唾を呑み込んだ。

「エミリアは、あなたと話をするつもりだった。どうしたいか訊きたいと。マルコさんは僕に、深くは考えないでくれと言った。だけど――、僕は散々考えたんです。グレイは、あなたに死んでほしくなくてここに閉じ込めた。だれも本当のことを言わなかったのも、嘘をつかなかったのもわかっています。だから教えてください。あなたがここを出たら、なにが起こるんですか。サプライズは嫌いだ――。この先になにが待っていて、そのとき僕にどうしてほしいのか、いまちゃんと教えてください」

沈黙が十秒ほど続いた。僕らの間で、ルポが所在なさげにうろつく。アーヴィンはそれを見てふっと笑い、右手で髪をかきあげた。その仕草もグレイに似ていた。

「あいつら、人選をまちがえたなあ」

煙草をくわえて火をつける。この人の所作にグレイの面影を見るたび――もちろん本当は、グレイにこの人の面影があるんだろうが――、胸が苦しくなった。

「俺はもっと頭の悪いガキのほうがよかった。それかあるいは――、でもまあ、仕方ないか。あいつらもだいぶ追い詰められてるだろうしな。お前みたいなのが来たら、頼みたくなる気持ちもわかる」

「……僕みたいなの」

老人は目を細めた。

「たしかに、嘘は嫌いだって面してるよ、お前は。――グレイにも少し似てる。でもな、お前は俺を助けにきたんだよ。それは本当だ。俺も、この島に関わる人間のことも」

煙草の煙を深く吸い込んで、ゆっくりと吐き出す。彼の瞳がどこか遠くに向けられたように見えた。その視線は、僕もいない、犬もいない、穴蔵の中でもない場所に漂って、また戻ってくる。彼はかすかに笑うと、木箱に手を伸ばして、ゴムを取り出して髪をひとつに結んだ。

「なあウィル、俺は夕陽が見たいんだ。お前も見たことないんだろ？　この島の、『楽園』の夕陽を。船着場の一番端から西の水平線を向いて、海も空も燃えているみたいな赤色の中で、世界が呑み込まれていくのを眺めるんだ。最高だぞ。だから、なあ、とりあえずここを出るっていうのはどうだ。出た途端にサプライズなんざない、外でスナイパーなんか伏せちゃいない。訊きたいことがあるなら、道すがらちゃんと答える。俺が嘘をつくと思うか」

水色の瞳にじっと見据えられ、僕は首を横に振る。アーヴィンはにやりとして、また煙草を消した。だが、立ち上がろうとしてよろめいた。僕は咄嗟に手を伸ばして支える。染み付いた煙草の匂いも、グレイといっしょだった。

「足が歩き方を忘れてる。これじゃ、間に合わねぇかもしれんな」

「おぶります」

老人の身体の軽さに怯みつつ、僕は申し出る。彼はほとんど額がつくほど間近でこちらの顔を覗きこみ、「ありがとな」と囁いた。優しい声だった。

僕はランプを持ち、斜面ではアーヴィンを引き上げるようにして外に出た。ルポも器用にのぼってくる。森はさっきよりも暗くなっていたが、ランプはすぐに消した。木の板も元に戻す。鍵はかけない。

「なるほど、こうなってたのか」

地面に座った老人は、人骨を見て感心したようだった。

「あれな、ウィル、丸見えじゃ具合が悪い。元に戻さなくてもいいから、あのカンバスを上にかけて、風で飛ばないようにしてやってくれないか」

僕は言われたとおりにした。躊躇いはなかった。二回目だからというのもあるし、アーヴィンの指示のおかげでもあった。彼はこれを尊重すべきものとして扱っている。この島の墓守らしく。

「行きましょう」

僕が膝をつくと、老人が背中に乗っかる。

「重いか？」

「エミリアよりも軽いです」

僕は答えた。本当に、人形でも背負っているような頼りなさで、体温があるのが不思議なくらいだった。「なんだ、それじゃあまるで、あの娘を抱いたことがあるみたいじゃないか」耳元で突っ込まれて、僕は彼を落としそうになる。

「ちがいます。あの人、毎回バスルームの窓から出入りしてくるんですよ。あんなに高い位置にあるのに」

「それを助けてやったって？」

「そうです」

「それだけか」

「それだけです」

老人がからから笑う。その振動が背中に伝わってくる。僕はなにか言い返しかけたが、ばさっ、という羽音が聞こえたので硬直した。上を向く。木の枝に止まっている黒い影は――。

老人が軽く肩を叩いてきた。

「見てるだけだから平気だ、カラスが増えても気にすんな。で、ウィル、なにが訊きたいって？」

僕はここ数日ずっと、この人に会ったら、みんなが揃って隠そうとしていることの答えがわかるのだと思っていた。なにも知らずに巻き込まれるのなんて御免だから、この島のことを、どうにか暴いてやろうと。だが、こんなふうに「なんでも教えてやろう」と言われると逆に戸惑った。アーヴィンの口調には、深刻さの欠片もない。

「どこ行くんだ」

とりあえず元来た道を戻ろうとしていた僕は、そう問われて足を止めた。

「船着場じゃないんですか？」

「あんた、方向音痴だな。まだ真っ直ぐでいい」

「本当に？」

「何年ここで暮らしてきたと思ってんだ。俺が曲がれと言ったら曲がれ」

穴蔵にいたのは十五分程度だったのに、森は薄灰色のフィルターを一枚足したみたいに、さっきよりもぼんやりとした印象がした。霧は出ていないが、夕暮れの空気は少し湿っぽい。だからだろうか、たしかに道に自信はなかった。僕は老人の言ったとおりの方向に進む。ルポは散歩中とおなじく、つかず離れずの距離にいる。

「何年なんですか？」

「あ？」

「何年ここで暮らしてるんですか」

アーヴィンは一瞬黙り、次に笑った。

「最初の質問としてはうまいな。はっきりとは覚えてないが、五十年とかじゃないか」

「五十年……」

「もっとかもしれん。俺は何歳に見える、ウィル、正直なところ」

「図鑑で見たミイラに似てます」

相手は声を出して笑い、落ちそうになってしがみついてきた。僕はよろめきながら背負い直す。顔は見えないのに身体は密着している、というのは奇妙だった。はるかに年上の人間をおぶるのも、初めて会った人に先導されて森の中を歩くのも、この状況はみんな非現実的で、夢をみているみたいだが、悪夢とも少しちがうような——。

「ミイラよりは若いかもしれない。百歳くらいだと思う」

「……」

百年。一世紀。その時間の重さと彼の容姿について、どう考えればいいのかはわからなかった。その年齢までいって、老けてるもなにもないだろう。

「言いたいことはわかるさ」アーヴィンがつぶやく。「でも、俺がこうなったのはここ数年のことだ。一昨年くらいから一気にきたな。それまではグレイと普通に働いてた。まあ、五十歳くらいには見えたかもしれないが」

「五十歳ですか？」

「グレイの年齢を？」

「知りません」

「俺もだ」

彼が笑うたび、背中に振動が伝わる。

「細かいことはすぐ忘れちまう。ここにいると、そんなことはどうでもよくなる。でも、あいつがここに来たのは十代の頃だよ。お前とおなじくらいだったんじゃないか。それももう、二十年くらい前だと思うが……」

「なら、四十前ってことですよね」

それならたしかに若く見えるほうかもしれない。だが、グレイにはそもそも年齢不詳な雰囲気があるのだ。「曲がれ」老人が馬の操縦でもするように右肩を引っ張ってくる。僕は従う。

「十年後でも二十年後でも、あいつはいまのままだよ。俺たちはあんまり歳を取らないんだ」

「……俺たち？」

「『楽園』の墓守」

声が少しだけ寂しそうな色を帯びた――、気がした。なにか核心に近づいていることを感じて緊張した。それから頭の隅で、アーヴィンが笑えば僕にわかるように、こちらの感情も、彼に伝わってしまうんだろうかと考えた。

「この島の墓守は、歳を取らない。そして、死なない。少なくとも、役目を全うしたと、カラスどもが認めてくれるまではな」

「認められるとどうなるんですか」

訊きながらすでに僕は、エミリアの台詞を思い出していた。

――カラスはやっと、彼を死者として迎える気になった。でもグレイは、アーヴィンを失いたくないから、彼をカラスから隠してしまった。

「見ればわかるだろ。ようやく安らかに眠る（REST IN PEACE）ことを許されたってわけさ、この身体は」

僕は、ほとんど反射的にびくりと震えた。アーヴィンが宥めるように軽く肩を叩いてくる。嫌だな、と思った。こんなふうに反応がバレてしまうのは、あまり愉快ではない。だが、いまさらおろして歩くわけにもいかない。

「そんなことはありえません」

僕はつぶやいた。死なない人間なんていない。いるはずがない。

でも、この島で起こりえないことなんて、あるのか。

同時に、最初の日にグレイの身体から消えた傷のことを思い出した。あれは勘違いではなかったのだ。彼はたしかにケガをしていた。僕とおなじくらいに、あるいはもっとひどく。でも、手当てをすることもなく半日で治った。

――ぜんぶは話せないの、ごめんなさい。この島の事情はとてもややこしくて、信じてもらえるとも思えないし、知らないほうがいいと思うから……。

「じゃあ、なんですか。刺しても撃ってもなにしても、あなたがたは死なないんですか」

「グレイはな。俺はもうだめだろ」

他人事みたいな口調だった。僕は急に苛立った。

「ミイラじゃなくて、ゾンビでしたね」

「墓守だよ。人間のな」

老人は短く笑い、「左だ」と告げた。茂みを抜けると、見覚えのある道に戻っていた。最初に延々と歩いたところだ。森の出口も、まだ遠いが、たしかに見えている。「グラウンド」に出るまでは十五分程度だろう。行きはもっと長くかかった気がしたのに。

「ほら、ウィル、止まるなよ」

後ろから声をかけられる。

「安らかに眠りたいんですか」

「あ？」

「グレイを置いて？」

残酷なことを訊いていると知っていた。こらちの胸元に垂れていた彼の手が持ち上がり、僕の頭をぐしゃぐしゃに撫でてくる。僕は首をすくめる。

「な。でも、連れていくわけにもいかないだろ」

アーヴィンの声には、なにかをからかうような優しい軽さがある。

「あいつももう、どうしていいかわからねぇんだよ。あっさり逝かせちまえばよかったのに、らしくなく感傷的になりやがって、まったく。あんな擬似墓に閉じ込めるほうがよっぽど非人道的だろうに、昔からどっかズレてんだ、あの馬鹿は」ため息をつくように彼は笑った。「――本当は、気の済むようにしてやりたかったがな。このままじゃ共倒れだ。クルス家にも悪いしなあ」

　老人の両腕に力がこもる。抱きしめられているみたいだった。「歩け、ウィル」。耳元で彼が囁く。僕は苛立っていて、なにかひどいことを言いたくて、いまここにある感情が、はてしない諦めと悲しみと優しさだけなのが許せなくて、どうしようもできなくて、さらに苛立った。こんなはずじゃなかったのだ。こんな――。

「俺は幸せなんだよ、見りゃわかるだろ。肥溜めみたいなところで生まれたわりには上々の締めくくりだ。森を出て、『グラウンド』を抜けて、小道を通って船着場に着く。どこも綺麗に整ってるんだろ、あいつの仕事ぶりは俺が一番知ってるからな。海には陽が落ちるところで、赤く染まった波のない水面には、マルコのボートが漂っている。――わかるか？　何千回って夢にみてきたとおりだ。お前は俺を理想のエンディングまで運んでくれる守護天使みたいなもんだよ」

「――絶対に」僕は言い返す。「絶対に、死んでも、僕をそう呼ばないでください」

　くっくっく、と老人は声を漏らした。僕はまた髪をぐしゃぐしゃにされる。

「人生はサプライズの連続だ。俺がお前に頼みたいのはな、ウィル、この島を出たらなにもかも忘れちまえってことだ。お前がみてんのは長い夢だよ。これから起こることすべて、お前のせいなんかじゃない。ぜんぶがぜんぶ、気まぐれな夢なんだからな」

そのあとはもう黙って歩いた。アーヴィンが嗄れた声でうたう鼻歌を聴きながら。――長い夢。長い、長い夢。もしかしたら、スカイの家を訪ねたときからずっと続いているのかもしれない。あるいはあの春の日、雪景色の中に佇むジョニー・マイヤーと目が合った瞬間から始まっていたのかもしれない。

前を歩くルポの黒い尻尾が揺れていた。森の出口へ、明るい光のほうへ、なにも考えずに進んでいたら、「グラウンド」に出る直前で軽く肩を引かれた。僕は立ち止まる。老人がふと笑ったのが、気配でわかった。

「綺麗だろ」

自慢げな口調だった。僕は素直に頷いた――。森に入るときに振り返ったのとおなじ場所だ。墓石の影がさっきよりも長くなっている。空は赤、橙、紫のグラデーション。墓石は、指揮者を仰ぐ音楽隊のようにこっちを向いている。――アーヴィンのほうを。この島の墓守を。

「さあ、ペースをあげろ。森を出たらちょっと騒がしくなるはずだ。カラスが増える。俺たちを襲うことはないが、やつらの鳴き声を聞いたら、さすがにグレイも気づくかもしれない。でも、お前はただ船着場に向かえばいいんだ、できるな？」

　僕は頷いたものの、足が動かなかった。──夢の続きを。お前はみたいか？　浅く呼吸をしながら、空の遠くで少しずつ増えていくカラスの影を目で追った。「ウィル」優しい声が名前を呼ぶ。ルポが一足先に森を出ていく。意を決して一歩踏み出すと、老人は「よし、その調子だ」と続けた。歩き始めて間もない我が子を励ますような口調で。

　カラスの鳴き声がする。

「大丈夫だ」老人が肩を叩いてくる。「大丈夫だから、ほら、ウィル、進め」

長い夢。長い、長い夢。

もしかしたら僕は、カラスに襲われたときに、あの海に沈んだのではないか？

早足になった。それから小走りに。アーヴィンがちいさく笑い、僕の肩に摑まる。ルポは舌を出しながら並走する。墓石と墓石の間を抜けて、天使の像を素通りして、小道に出た。空を見る。カラスが飛び交って喚いている。なにか別の音がした──。グレイ、と叫んだのはロヴェルだ。グレイの怒鳴り声が続いた。僕はチャペルの前で振り返った。なだらかな坂の先に、彼は立っている。もうひとりの墓守。上半身はなにも着ていない。表情まではわからない。

「──」

　お互い、動きを止めたのは一秒も満たなかった。

次の瞬間に彼は駆け出し、僕も踵を返して全力で走った。

頭上では、世界の終わりみたいにカラスが鳴いている。

追いつくな。追いつくな。追いつくな。

門を抜けて船着場に出た。

そこには、アーヴィンの予言したとおりの光景が待っていた。太陽から伸びるオレンジ色の光の上に、マルコのボートが浮かんでいる。それこそ、あの世にこの人を連れていく使者のようだった。橙と青と灰色の交ざった海、風はなく、水面は静まり返っている。

「ウィル、ここでいい」

冷静な声だった。僕は息があがっていた。老人が飛び降りて、僕は唐突に身軽になってよろめいた。

そして、次の瞬間、首を絞められた。

「サプライズは嫌いだって言ってたな。いい、大丈夫だから、動くな」

なにが起こっているのかわからなかった。老人の左腕が、こっちの首に回されている。右腕は後ろから腕ごと僕を抱えて、僕の動きを封じている。さっきまでとは別人のように強い力で、僕は驚いて、咄嗟に抵抗できなかった。

そこにグレイが到着する。

「止まれ」

老人が言う。走りこんできたグレイが急ブレーキをかけて、追いついたロヴェルがぶつかりかけた。二人とも息切れしていた。違和感を覚えたのは、グレイの髪が短くなっていたせいだ。僕が森に行っている間にサロンごっこでもしていたのか。ロヴェルのほうは、髪の長さは変わらず、唇の端が切れていた。グレイに殴られたんだろう。

僕は？

僕はどうなっているのか。

「いい面してるじゃねえか、くそガキ。俺を見送るんだから、もう少しマシな格好をしてきてほしいもんだがな」

アーヴィンの声は、この状況でもどこか笑っているようだった。彼が数歩後ろに下がり、引っ張られて、僕はよろよろと従う。足元で船着場の板が軋む。じりじりと海に近づいているのだ。――なぜ？　状況に頭がついていかない。

「やめてくれ」

グレイが言う。唇が震えていた。

「頼むから。――ぜんぶあんたのやりたいようにする。言うとおりにする。でも、いまはやめてくれ。こんなふうには」

「こんなふうなんだよ、人生は、いつだってな。これからなにが起こるかも、俺はみんなわかってる。お前もだ。いいな、グレイ」

アーヴィンの腕が、僕の首を絞め上げる。呼吸がうまくできなくなる。僕はそれでも、グレイから目を離せなかった。痛みを堪えるように歪んだ顔は初めて見るものだった。彼の瞳に僕は映っていない。アーヴィンのことしか見ていない。僕はまばたきの間に思い浮かべる。母が死ぬ直前、彼女の横たわるベッドの隣で、自分もこんな顔をしていたんだろうか。

「だめだ」僕の声は掠れて、自分にすら遠く聞こえた。「僕は、この人からあなたを奪うのは、いやだ……」

老人の腕に力がこもる。左ではなくて右のほう。胴を抱いている腕が。

「これもお前のせいじゃないさ、ウィル。すべては『楽園』の話なんだよ。……じゃあな、グレイ。リアムも。――愛してた」

でも、これで終わりだ。

グレイがアーヴィンの名前を叫ぶ。老人が僕の身体を強く引っ張り、僕らは背中から海にダイヴした。見上げた先には夕暮れの空、それは次の瞬間には、真っ黒に塗り潰される。カラスたちが一斉に、僕らのほうに降りてきたのだ。

「――っ」

僕は恐慌状態に陥って、着水と同時にもがいた。だが、老人の腕はがっちりと僕の身体に回ったまま離れなかった。いつかよりも水温が低い。僕は老人に引っ張られて海中を進み、口から漏れていく気泡を目で追いながら、自分がこの人といっしょに死ぬことを半ば覚悟した。それか、あのカラスたちに殺されるのだと。

長い夢。長い、長い夢。

首の腕が、急にほどける。ずっと僕の下にいたアーヴィンは、入れ替わりに僕を海底のほうに押し沈めるようにしながら、僕から離れていった。水面へ？　海底へ？　水中で目がろくに見えないからよくわからない。左頰になにかが触れた。彼の指先。

別れの挨拶のような。

「……」

僕は口を開けたが、もちろん声は出ず、水が流れ込んでくるだけだった。老人がいなくなる。──行かないでくれ。と思った。置いていくな。この人と心中するよりも、ひとりで死ぬほうが嫌だ。海は好き？　──嫌いだ。こんな海は。僕は足を動かして追いかけようとした。遠ざかっていく影を。無茶だ。泳げない。方向転換すらうまくいかない。身体はどんどん重たくなるばかりで、息もできない。

──これからなにが起こるかも、俺はみんなわかってる。お前もだ。いいな、グレイ。

意識が途切れなかったということは、僕が溺れていた時間は、前回よりも短かったんだろう。

右手を摑まれた。痛いほどに強い力で。そして引っ張られる。森を出たときとおなじだ。光のほうへ。朦朧とした意識の中でようやく水を出たことに気づき、風が頰に触れて、喉が水を吐き出した。

「――グ、レイ……」

咳き込みながらも、名前を呼ぼうとした。彼は右腕でこちらの肩を抱いて引っ張り、上を向いていた。グレイの頬に細かい傷を見つけて、僕は遅れて理解する。さっき感じた風はカラスのものだ。僕らはまたカラスに襲われているのだ。

「吸え」

グレイが空を見上げたまま言い、次の瞬間、僕は彼に頭を押さえられて水に沈められた。

「っつ」息を吸う前だった、というかまだ呼吸が整っていない状態だったのですぐ苦しくなったが、直後に引き上げられた。どういうことかはわかっていた。泳ぎながら、カラスの攻撃から僕を守っているのだ。

マルコのボートに着くまでに、僕はもう一度だけ海に潜らされた。

そして、僕が水からあがるたび、グレイには傷が増えていった。

血が滲み、海水ですぐに流れる。死なないといっても、痛みがないわけではないんじゃないか。それでも彼の顔には、なんの表情も浮かばない。怒りも。悲しみも。なにも。

彼は、投げ込むように僕の上半身をボートに乗せた。

「悪かった」マルコが言う。「これしかなかったんだ」

グレイはそれにすらなにも反応しなかった。僕はマルコにボートの中に引き摺り込まれた。水を吐きながら身体を起こす。振り返る。「……レイ」声を出そうとすると、喉が辛くて、口の中が潮の味でいっぱいになった。

「グレイ！」

相手はすでにボートから離れていた。振り返った彼と一瞬だけ目が合った。——睨んでくれればよかったのに。憎悪を込めて、ぶっ殺してやる、と怒鳴ってくれればよかった。だけど彼は、濡れた髪をかきあげて、静かな、すべてを諦めたような瞳で、かすかに首を横に振っただけだった。

そしてこちらに背を向ける。

「グレイ！」

僕はボートから身を乗り出し、また海に落ちそうな勢いだったが、マルコに腕を摑まれて引っ張り戻された。バランスを崩して尻餅をつく。老人の手は震えていた。目も赤く、しかし涙は流さずに、「ありがとな」と彼は言った。

「ありがとう、ウィル、助かった。本当に感謝してる……」

僕は海を見た。

僕がクルス家のボートに乗ったからか、墓守が島に戻り始めたからか、とにかくカラスたちは、もうだれのことも襲わなかった。ただ海の上を鳴きながら飛んでいた。グレイはその下を静かに泳ぎ、船着場まで戻った。待っていたロヴェルが伸ばした手を無視して、自力で陸にあがる。

いつもの杭まで歩いていって座り込むと、海に向き直った。

水平線に陽は落ちて、空にはまだ赤色が残っている。カラスの鳴き声とルポの遠吠えが響いている。

アーヴィンの姿は、どこにもない。

僕はボートの上から、いつまでもその光景を眺めていた。あまりに綺麗で、悲しくて、恋しくて、ただじっと、

「楽園」を見ていた。

エピローグ

「ウィル、おい……」

身体を揺すられて目を開けた。

拷問みたいに硬い木の長イスの上にいる。仰向けになると、セブがこちらを見下ろしていた。「飯」相手は目を逸らしながらつぶやき、すぐに視界からいなくなる。

身体を起こす。酒場にはまだだれもいない。店が開いてないんだから当たり前だ。窓を見る限り、まだ明け方くらいだろう。

昨夜、セブはすべてが終わったところに帰ってきた。自分がいつもどおりに酒を飲んで遊んでいる間になにが起こったかなんて、なにも知らずに。僕はシャワーを浴びていたし、エミリアはもちろん眠っていたので、彼に説明したのはマルコだ。僕が出てくると、セブは恐ろしいものを見るような目を僕に向けた。僕はなにも感じなかった。涙はみんな、バスルームで流してしまった後だった。

今夜中に出ていく。

セブの服に着替えた僕はそう宣言した。マルコは反対した。そのときにはもう十時をすぎていたし、明日の朝まで待ってロヴェルを迎え、ローマの空港まで送ってもらうことで話はついているのだという。でも僕は譲らなかった。ロヴェルに会いたくなかったし、なによりエミリアが目を覚ますとき、そこにいたくなかった。

けっきょく、すっかり酔いの覚めた様子のセブと酒場まで戻り、ちょうど店じまいを終えたところだった店主に頼んで、一晩隅を借りる許可をもらったのだった。べたべたするイスに横たわって、僕は浅い眠りを繰り返した。ふと目を覚ますたび、薄暗いカウンター席に座ってひとりで煙草を吸っているセブの姿を見た。ときどき泣いているようだった。

でも、それももはや、夢だったかもしれない。

「リアムは待たなくていいんだな」

セブが確かめる。カウンターの上にあったのは、コーヒーとフルーツだけだった。空腹ではなかったのでちょうどよかった。僕は頷きながらコーヒーを飲む。グレイが作ったものとも、ロヴェルが淹れたものともちがう味がした。

「フェリーはまだ出てないが、いまから行けば、漁から戻ってくる船がある。乗せてもらえると思う。向こう岸まで行ったらバスがある。そこから先は大丈夫か?」

「はい」

足元のボストンバッグには、現金で八千ドルが入っている。これさえあればどうにでもなるはずだった。

明け方の外は肌寒かった。僕らはスクーターに二人乗りして港町に行った。漁師に交渉してくれたのもセブだ。僕はただベンチに座って待った。十日ほど前、ここでロヴェルと初めて話した日のことをぼんやりと思い返しながら。

「お世話になりました」

見知らぬ人の船に乗り込む前に僕は言った。ずっと黙り込んでいたセブが、わずかに目を見開いて顔をあげる。ひさしぶりに目が合った。昨夜から、彼は必要最低限しか、僕の顔を見ないようにしていた。

「俺たちには……、俺たちにはできなかったんだ」

つぶやいたセブの声は掠れていた。

「だから、さんきゅな、ウィル」

僕は相手を睨み返した。そうじゃない、と言いたかった。僕が欲しいのは、そんなものじゃない。

でも、じゃあ、なんだっただろう。

黙って船に乗り込んだ。この人とも、もう二度と会うことはないのだ。

バスでも列車の中でも熟睡した。それでも乗り換えは間違えなかった。うろ覚えの記憶を辿るしかなかったわりに、行きよりもずっとスムーズに空港に着いてしまった。――別にそれで、悪いことはないのだけど。直行便の航空券を取って、フードコートで時間を潰して、夕方にはもう、空の上にいた。十二時間ほどのフライトでは一睡もできなかった。ほぼ満席の機内で、他人のにおいと話し声と、あらゆる照明類の明滅と、そういうものに絶えずさらされた。出されたものを食べては、狭いトイレの、薄汚い便器に吐いた。ミネラルウォーターを飲みながら、僕は自分が急速にあそこから遠ざかっていくのを感じた。

あの島。

楽園。

なにもない——。

ロスに到着したのは夜だった。時間を確認しようとして胸元に手をやり、そこになにもないことに気づいてちいさく笑った。壊れた懐中時計は、クルス家に残してきたのだ。もちろん鍵も、なにもかも。入国審査を終えた頃にはもう長距離バスは出ていなかったので、空港近くのホステルに泊まった。タクシーに乗って、安くて海の近くがいい、と注文したら連れていかれたのだ。あてがわれたのは、四人まで泊まれる部屋の、二段ベッドの下の段。ほかのベッドに荷物は置いてあったが、遊び回っているのか、持ち主と顔を合わせる機会はなかった。

窓はなくて海も見えなかった。ただ、車の往来やレストランの喧騒やサイレンやだれかの叫び声の間に、幻みたいに波の音が聞こえるだけだった。

翌朝にはチェックアウトしたものの、足元がふわふわして、まだ帰れる気がしなかった。

日付の感覚がはっきりとせず、自分がどこにいるかもよくわからず、人混みの中に立って、ビルがひしめき合って塞ぐ空を見上げて、自分がタイムスリップでもしてきた気分になった。僕はボストンバッグを背負い、ただ街中を歩き回った。こっちだ、と自分に言い聞かせなければならなかった。自分はこっち側から来たのだ。あの島で過ごしたのはたかが十日程度のことだ。

ターゲットで服を買って着替え、セブのものは捨てた。バーガーキングでハンバーガーを食って、人工甘味料の味のするレモネードを飲んだ。スターバックスでコーヒーを買った。排気ガスを吸い込んだ。団体の観光客についていって、人でいっぱいのビーチを眺めた。だんだんと陽が暮れて、空が橙色に色づいてくると、みんなこぞってスマホで撮影を始めた。僕には海も太陽も人々も作り物みたいに見えた。綺麗な偽物。そうだった、こんなふうだった、自分の生まれた国の日常は。首元に絡みついていた夢の記憶がほどけて、風に飛ばされて消えていく。

――俺がお前に頼みたいのはな、ウィル、この島を出たらなにもかも忘れちまえってことだ。

だれかにそう言われた。

タクシーに乗り、昨日の三倍くらいの値段のするホテルを取って、ロスにもう一泊した。

翌日になってようやく、バスターミナルから長距離バスに乗り、ローカルバスを乗り継いで、ジョージアタウンに戻った。

西部劇に出てくる、悪党に搾取されてぼろぼろになった後のような、寂れた田舎町だ。走り去るバスの砂埃に咳き込みながら、僕は信じられなかった。見慣れた、見飽きた景色が、すべて元のままそこにあった。それは圧倒的な停滞で、現実だった。ここに戻ってきた瞬間に、あの島での出来事がすべて、白昼夢みたいに消え去った。残ったのは足元にある、映画の小道具でしかお目にかかれないような現金入りのバッグ、それだけだ。

僕はこの町を、一歩たりとも出られていない。世界はなにも変わっていない。

自宅には向かわなかった。

夕方の町を、なるべく人どおりのない道を選んで、墓地を目指して歩いた。何年ぶりかわからない。でも、門を抜けると道順は覚えていた。犬の散歩をしている人が遠くに見えたが、だれとも会わずにそこまで行けたのは幸運だった。

マーガレット・アガサ・チェスターの墓石には、「スティーヴの妻、ウィリアムの母、ここに安らかに眠る」と、いまでも刻まれていた。当然のことながら。そして、見放されたように汚れていた。実際長いこと、夫からも息子からも、この人は見放されていたのだった。僕はすでに閉まっている管理人事務所の倉庫から勝手に道具を借りてきて、伸び放題の雑草を抜いていった。ほとんど手癖のように。周囲の生垣も刈り、ゴミを拾い上げ、墓石はブラシで磨いた後に水をかけた。

供えるものはなにもない。

綺麗になった墓石を見下ろして、しばらく眺めた。

「人を殺してきたんだ」

ずいぶん経ってから僕は言った。

「それで五千ドルもらった。この町を出る。そしたらもう、帰ってこないよ」

さよなら。

墓は墓でしかないので、それは単なるひとり言だった。手を伸ばして墓石に触れ、すぐに離して、僕は彼女に背を向けた。

そのまま墓地を出るつもりだったが、ふと足が止まった。

――ここでいつか。

スカイに礼を言われた。あいつは墓参りに来ていた。見かけるときはいつも、あの柳の木の下で泣いていた。

スカイ・ハーマーの祖父、グレゴリー氏の墓を見つけるまでに時間はかからなかった。母よりは多少マシだったものの、そこも管理が行き届いているとは言えず、僕はまた雑草を抜くハメになった。もはや反射的な行動なのだ。そして途中で手を止めた。

缶の容れ物が置いてある。

長方形の、両手に載るくらいのサイズで、真新しかった。だから不自然だった。雑貨屋にある、チープな駄菓子が入っているようなやつだ。花柄のピンク色。スカイが供えたにしてはガーリィすぎるし、なにより幼い。

人の墓にあるものを持ち上げることに躊躇はなかった。というか、そんなことまで考えていなかった。引き寄せられる。あの森で骸骨を見つけたときによく似ていた。——どの森で？　手に取ると予想外に重たかった。なにかが詰まっているようだった。

蓋に触れた手は震えていた。開けた途端に砂粒みたいなものがさらりと落ちてきて、すぐに閉じる。

——そうじゃない。

僕は唾を飲み込んだ。船着場に立って、ロヴェルが抱えた骨壺に、グレイが手を伸ばし——。

頭の中でいまと過去の映像が交ざり合い、目眩を起こしそうだった。これはちがう。絶対にちがう。そんなことはありえない。いい、いい、いい。

今度はもう少し慎重に缶を開けた。なるべくなにもこぼさないように。蓋の裏側に張り付いていた紙切れを取り出して、缶を閉める。四つ折りにされたノートの切れ端もピンク色だった。幼い、不恰好な字で綴られた、短い手紙。

「お兄ちゃん

お兄ちゃんはいつも
おじいちゃんに会いたがっていたから
ここに来れば　うれしいかとおもったの
わたしを守ってくれて　ありがとう
やさしくて　だいすきだった
とてもさみしい

ミア」

僕は墓地で立ち尽くした。柳の木を振り返って、墓石を見下ろして、だれもいない、と思った。ここにはもうだれもいない。手紙を折り畳んで缶にしまった。

それから、走った。

スカイの家は、前来たときと変わっていないように見えた。

クリーム色の外壁はところどころペンキが剝げ、一階の窓ガラスにはヒビが入っている。——いや、でも。あいつの部屋を見上げると、カーテンがかかっていなかった。玄関は、外側のガラスは閉まっているが、覗き込むと内側のドアは開けたままになっていた。廊下には段ボールとゴミが散乱していて、あとはがらんとしている。人の気配はない。

僕はまた走り出す。

「ウィル、なんだひさしぶりじゃないか――」

「帰ってきたの？　どこか旅行に行ってたって、ねえ、ウィル！」

すれ違った人たちに声をかけられた。ぜんぶを無視した。黙れ、黙れ、みんな黙れ。そんなことはありえない。そんなことはあってはならない。だって僕は、ちゃんと帰ってきたのだ。信じられるか？　スカイ。八千ドルだ。僕らはリッチだ。どこにでも行けるようになったのだ。こんな町には、もう一秒だっている必要はない。

がむしゃらに走っても、身体が道を暗記していた。視界の端に映る景色のすべてを知っている。ジョージアタウン。世界で一番退屈な町。ここではなにも変わらない、なにも起こらない。決まっている。だってずっとそうだったじゃないか。

長い夢。長い、長い夢。

自分の家のドアに激突するように立ち止まってから、鍵を持っていないことに気づいた。僕はチャイムを連打し、ドアを叩いて、「開けろ！」と怒鳴った。馬鹿じゃないのか、玄関まで出てくるのに何時間かかってるんだ、あの女は。父親は？　もう帰ってきているだろうか。いまはいったい、何曜日の何時なのか。

「ウィリアム！」

ドアを開けたのは父親だった。彼は目を見開き、「どうしたんだ、いったい――」そう言いながらも、素早く周囲に視線を走らせた。近所の人がだれも見ていないことを確認しながら、僕の肩を抱いて玄関に引き入れる。僕はその腕を振り払う。

「スカイになにがあった？」

僕は訊く。全力で走ってきたせいで心臓が破裂しそうだった。止まった途端に汗が噴き出す。

「なんだって？」父親は混乱していた。「いったいなにがあったんだ、お前、私たちがどれだけ心配したと——」

「スカイになにがあったかって訊いてるんだ！」

奥から出てきたモナが、「なんてこと」とつぶやいた。白いフリルのついたエプロンをしている。睨みつけると、怯えた顔でびくりとする。

「なんの話だ？　ハーマーの家のことを言ってるのか？」父親が顔をしかめる。「あの子は死んだよ。ひどい事件を起こして」

「死んだ？」

僕はふらついて、頭に手を当てる。「モナ、水を」父親が言いながら僕の身体を支えようとする。僕は彼を押しのける。

「事件？　事件って？」

「あそこの家はかわいそうだっただろう、昔から……。あの子は継父を殺そうとしたんだよ」

「ありえない。あいつがそんなことをするはずが……」

やりたければ、もっと前にやればよかったのだ。

なんで。

なんでいま……。

「私もよくは知らんよ。噂はいろいろあるがな。とにかく、家にあった銃で父親を撃とうとして、揉み合いになって、どちらも一発ずつ喰らって二人とも死んだんだ。ひどい話だよ。外の人間が山ほど来て、警察だの新聞記者だの、この一週間は大騒ぎだった。こんなに静かな町なのに、迷惑なことだ……」

彼はため息をついて、そんなことより、と続ける。

「お前の話を聞かせなさい。そんなことより、そんなに日に焼けて、しかも痩せたんじゃないか。いったいどこに行ってたんだ。サマースクールなんて嘘だろう？　調べさせても、そんなものは見つからないと言われた。まったく！　私とモナが、どれだけ心配したと思ってる？　ろくに連絡も入れないで、まさか外国をひとりで回ってたのか？　私は警察に届けようか迷ってたくらいなんだぞ――、ウィル？」

壁に寄りかかっていた僕は顔をあげた。目が合うと、父親は口を閉じた。「信じられない」僕は言う。

「スカイが死んだんだぞ」

トレイにコップを載せたモナが戻ってくる。二人は困惑したように視線を交わした。

「たしかに不憫な子だったわ、でも……」

「どうしてお前がそんなに動揺するんだ。うちはあの家と関わったことなんてなかっただろう」

関わる。関わるって？　じゃあ僕は、なにと関わって生きてきたって？　呼吸がうまくできなかった。頭が熱い。身体ぜんぶが。

――あのときは、ありがとう、ウィル。

「僕らが殺したようなもんだろ。みんな知ってたじゃないか、あの家でなにが起こってるかなんて。あんたらはなにも感じないのか？　迷惑なだけだって？　なんであんたはそうなんだ。自分は間違いを起こしたことがないとでも？」

父親の顔色が変わる。

「スティーヴ……」モナが囁く。「もしかしてこの子、なにか薬でも……」

――お悔やみ申し上げます、スティーヴ……。

僕はコップを摑んで床に叩きつけた。ガラスの割れる音が響き渡り、モナが悲鳴をあげる。「ウィル！」父親が僕を摑んで壁に押し付ける。なにがなんだかわからなかった。これが現実なのか？　僕はなにから目を覚ますのか。

「僕がなにも知らないとでも？　この女が葬式に来たことを覚えてないって？　あのときは気づかなかったさ、十二歳だったんだ、母さんを亡くして、なんにもわかんなくなって、でも、覚えてた、この女の声も香りもあんたの表情も、忘れたことなんてなかった。隣町での出来事はカウントされないとでも思ってたのか？　母さんは気づいてなかったって？　ちょっと調べれば簡単にわかった。いいか、町の人間だって本当はみんな知ってる。言わないだけで——」

今日に限って、モナは泣かないようだった。目を見開いて硬直している。父親の腕も、唇も、震えている。

「ちがう……」喘ぐように彼は言った。「お前の考えてることは——」

「ここに銃があったら、僕はあんたを殺してる」

相手は息を呑んだ。彼の目をまっすぐに見て、僕はちいさく笑った。

「そしたらみんな言うだろうよ。あそこは昔からかわいそうな家だったって」

父親の拳は、僕の左頬にまともに当たった。僕は壁に背中をぶつけたが、それだけだった。彼は両手で顔を覆い、僕から離れる。モナは動かない。僕は彼らを数秒眺めて、足元に放り出していたボストンバッグを持ち直した。銃はない。これしかない。

「じゃあね、父さん」

どちらも僕を止めなかった。僕も、僕を止めなかった。長い現実。長い、長い現実。僕はこの町を出ていかなくちゃいけない。スカイに代わりを頼まれたから。

玄関を出る。階段をおりて、門を抜ける。深く息を吸って、吐いて、空を見上げるともう暗くなっていた。胸元に伸ばした手はまた空振りする。いまはいったい、何時なのか。バスはまだ出ているだろうか。ふらふらと歩き出す。

「ウィル！」

それが父親の声だったら、止まることはなかった。でも、ちがった。びくりとして振り返ると、そこに立っていたのはリアム・ロヴェルだった。ジョージアタウンにいるはずのない人物だ。いつも喪服を着ている、美しい死神。

僕は泣き出した。


よくわからない。実際はもっと前から涙は出ていて、ロヴェルを見たらそのことに気づいただけかもしれない。車の横に立っていた彼は駆け寄ってきた。そして僕を抱きしめた。嗅いだことのある香水の匂い。

「ごめん」彼が囁く。「ウィル、ごめんね……」

「知ってる？」

「スカイのこと？　うん、昨日知った」

「いつ――、いつ？」

「前の日曜日の夜だって。僕が……、僕がここを出たほんの数時間後だ」

ロヴェルがゆっくりと身体を離す。指先でこちらの涙を拭って、彼は僕の顔を覗き込んだ。

「スカイは妹を守ろうとしたんだ」

「あいつは、ばかだから……。どうなった？」

「うん？」

「妹は？」

　急に思い出した。人形遊びをしていた、あの女の子の姿。

「彼女はもう大丈夫だよ。保護されて安全なところにいる」

　僕が両手で顔を覆うと、ロヴェルはもう一度抱きしめてきた。まるで子どもだ、と僕は思った。ハグなんて嫌いだ。ロヴェルにも会いたくなかった。そのはずだ。僕はなんとか泣き止もうとしながら、彼を押しのけた。ロヴェルの腕がほどける。

「なにを……、なにをしてるんですか、こんなところで」

　彼は力なく微笑んだ。

「君を追いかけたんだよ。みんなが心配していた。正直、会うかどうかは決めてなかったんだ。君がここに戻って、大丈夫そうかだけ見届けたくて――。昨日の夕方にはここに着いたんだけど、僕はどこかで、君を追い越したらしいね」

　僕は頷いた。「ロスに二泊したんです」

「スカイの家の前を通ったときに、様子がおかしいことに気づいた。昨日は一晩中新聞を読んだよ。君に会わなきゃいけないと思った。だから待ってたんだ」

　この人も憔悴していることに、僕はいまさら気がついた。大事な人を裏切った直後なのだ。忘れようとしていた光景が蘇った。ボートから最後に見たとき、ロヴェルはグレイに手を伸ばしていて、でも、その手が取られることはなかった。

「ウィル」

ゆっくりと名前を呼ばれた。

僕は顔をあげる。ロヴェルの瞳は、あの場所の海とおなじ色をしている。彼は右手を僕の左頬に当てていた。殴られたばかりのそこは熱を持っている。ロヴェルの指先は冷たい。

「これから、どうしたい」

「これから……？」

僕はつぶやく。すべてぶっ壊れた後で、そんなものが自分にもあると思い出すのに時間がかかった。ロヴェルが頷く。

「君は僕が、絶対にできないことをしてくれた。一生返せないほどの借りがある。なにかしてほしいことがあれば、なんでもする」

「僕も……、この町を出るんです」

「うん？」

優しい声だった。目が合う。

「なんでもするって言いましたか？」

「うん」

「人殺しでも？」

彼はまばたきひとつしなかった。

「なんでも」

息を吐く。家を振り返って、一瞬だけそんな未来が浮かんだ。でも、ちがう。そうじゃない。僕が欲しいのはそんなものじゃない。あの人たちのことなんて、どうでもいいのだ。

バッグからお菓子の缶を取り出すと、ロヴェルは首をかしげた。

「それは？」

「スカイ・ハーマー」

「――」

「連れていきたい場所があるんです」

彼は僕の肩を抱き寄せて、こめかみのあたりに唇をつけた。「おいで」と、死神が囁く。

――そうだ。僕が捨てるのは現実のほうだ。僕は助手席に乗り込む。目を閉じると、瞼の裏に青い海が見えた。運転席に座ったロヴェルがちいさく息を吐き、エンジンをかける。

「じゃあ、行こうか、ウィル」

ロヴェルが言う。

「楽園」へ、と僕は心の中だけで付け加えた。

あとがき

こんにちは、あるいは、はじめまして。深沢です。

『この夏のこともどうせ忘れる』が出てから、気付けば三年ちかく経っていました。実は今回の原稿を書き上げたのはけっこう前なのですが、なんやかんやあって皆さんにお届けするまで時間がかかってしまった次第です。お待たせしてすみません。その間に、『英国幻視の少年たち』からずっと一緒だった担当さまから新担当さまへと、交代もありました。さみしいですね。ということでこの本は、二人の担当さまに支えられて、やっと形になりました。

『渇き、海鳴り、僕の楽園』の内容をとても簡単に紹介すると。

夏休み、アメリカ人の少年が遠い遠い島を訪れ、そこである墓守と出会い、おなじ場所で過ごすうちに彼の秘密に近づいていく……。そんな感じのストーリーです。

墓守の出てくるお話が書きたいな、と、ずいぶん前から思っていました。

深沢は墓地が好きです。

以前どこかでも書きましたが、高校生の頃、アメリカに留学していたとき墓地に通っていた記憶があります。大人になってからも、外国に行ったら、だいたい現地の墓地に足を運ぶようにしています。どこも静かで、人がいなくて美しくてひそやかな神聖さに満ちていてよい。ここ数年は納骨堂にも興味を持つようになりました。チェコのセドレツ納骨堂がきっかけかな。ひとり旅の途中、スケジュールの都合上クリスマスに行ったのを覚えています。四万人分くらいの人骨が保管されているところで、無数の頭蓋骨に見下ろされ、骨から作られたシャンデリアや紋章を眺めながら、我ながらすごいクリスマスの過ごし方だな、と愉快でした。

ちなみに墓地を好む人のことを、英語では〝Taphophile〟というようです。〝Cemetery Tourism〟とかで検索すると、世界中の墓地が見られるので、興味のある方は（いないかもしれませんが）ぜひお気に入りの墓地を探してみてください。

深沢が最新で行った異国の墓地は、ヴェネツィアのサン・ミケーレ島です。そう、この物語の取材のつもりで訪れました。島にすることも決めていたから、サン・ミケーレ島はどうしても見てみたかった。パンデミック直前に実行できて運がよかったなと思います。虚構の世界でしか見かけないような純白の祭服を着た神父さまと話した（リーフレットの場所を訊いただけですが）のと、蚊に刺されまくったのが思い出です。

「楽園」には、深沢がいままでに行った墓地の成分がぱらぱらと入っているので、その雰囲気も楽しんでいただければと思います。

また旅の話ばかりになってしまった。近況としては、海外はもちろん国内旅行もできず、家で延々と本を読み、音楽を聴き、映画を観て、ゆっくりと過ごしています。ここ数年は世界の日常すべてが脆くなっていくようで、先を憂いたくなることが多々起こっていますが、好きな曲をがんがんにかけて、時間を忘れて物語を読み耽り、息をついて本を閉じる瞬間の幸福がまだ残っているかぎり大丈夫だと、自分に言い聞かせています。

でも遠くに行きたい気持ちは消えないから、そろそろどこかに足を伸ばせるといいな。

では恒例の、あとがきを書く間にかけていたBGMを。

■The Stable Song / Gregory Alan Isakov ■Jesus Christ / BRAND NEW ■A Girl, a Boy, and a Graveyard / Jeremy Messersmith ■Getaway / The Milk Carton Kids ■Waiting On An Angel / Ben Harper ■Forever Young / Bob Dylan ■Long Ride Home / Patty Griffin ■Far From Any Road / The Handsome Family ■Hurt / Johnny Cash ■Could We Survive / Joseph Arthur ■水葬 / おいしくるメロンパン

それでは最後に。
ここまで読んでくださった皆さん、
また、この本の完成に関わってくださった方々に、心から感謝を。
ありがとうございました。
この物語のなかに広がる世界と、そこに生きる人びとを、
これからも愛していただければ幸いです。

深沢　仁

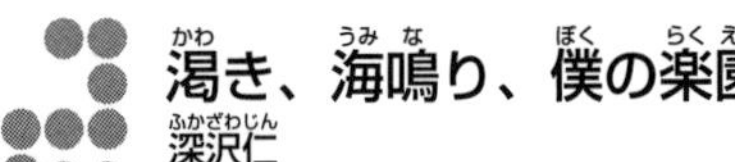

渇き、海鳴り、僕の楽園

深沢仁

2022年6月5日初版発行

発行者……………千葉 均
発行所……………株式会社ポプラ社
〒102-8519 東京都千代田区麹町4-2-6

フォーマットデザイン 荻窪裕司(design clopper)
組版・校閲 株式会社鷗来堂
印刷・製本 中央精版印刷株式会社

本書は書き下ろしです。

落丁・乱丁本はお取り替えいたします。
電話(0120-666-553)または、ホームページ(www.poplar.co.jp)のお問い合わせ一覧よりご連絡ください。
※電話の受付時間は、月~金曜日、10時~17時です(祝日・休日は除く)。

ポプラ文庫ピュアフル

ホームページ www.poplar.co.jp

N.D.C.913/307p/15cm
ISBN978-4-591-17404-3
P8111335